금요일의
괴담회

금요일의 괴담회

초판 1쇄 발행 | 2021년 2월 17일
초판 3쇄 발행 | 2021년 8월 10일

지은이 | 전건우
펴낸이 | 박영욱
펴낸곳 | 북오션

편 집 | 권기우
마케팅 | 최석진
디자인 | 서정희 · 민영선 · 임진형

주 소 | 서울시 마포구 월드컵로 14길 62
이메일 | bookocean@naver.com
네이버포스트 | post.naver.com/bookocean
페이스북 | facebook.com/bookocean.book
인스타그램 | instagram.com/bookocean777
전 화 | 편집문의: 02-325-9172   영업문의: 02-322-6709
팩 스 | 02-3143-3964

출판신고번호 | 제 2007-000197호

ISBN 978-89-6799-581-2 (03810)

전건우 공포 괴담집

금요일의 괴담회

북오션

차례

1

조용한 집

…… 너무 조용하다.

규선은 그릇을 정리하다 말고 집 안을 둘러봤다.

화장실 하나가 딸려 있는 작은 원룸은 고개를 스윽 돌리는 것만으로도 모든 풍경이 한눈에 들어온다. 가느다랗게 햇살이 비쳐 들어오는 창문과 그 옆에 놓인 책장, 그리고 천장에서부터 내려오는 행거까지. 바닥에는 미처 정리하지 못한 짐들이 쌓여 있다. 옷이며 책 같은 것들이다. 물론 그것들 중에 소리를 낼 만한 물건은 없다. TV도 꺼둔 그대로다. 그렇다고는 해도 지나칠 정도로 조용하다. 바람 소리도 들어오지 않는다.

"방음이 참 잘 되네."

규선은 일부러 소리를 내 말해봤다. 그 소리마저 무언가에 막힌 듯 맥없이 울렸다.

이사 오기 전 살았던 집은 방음이 전혀 안 됐다. 옆집 사람의 시시콜콜한 일상이 소리를 통해 생생하게 전달됐다. 때로는 아랫집 소리가 올라오기도 했다. 밖에서부터 날아 들어오는 소음은 덤이었다. 무엇보다 괴로운 것은 자신이 내는 소리도 누군가에게 들릴지 모른다는 강박이었다. 변기를 사용하는 것도 조심스러웠다. 친구에게 고민을 말해봤지만 돌아오는 대답은 뻔했다.

"우리 집도 그래."

다음에 살 집은 꼭 조용한 곳으로 고르자고 마음먹은 것은 그 때문이었다.

다행히 이사를 몇 주 앞두고 지금의 집을 구하게 되었다. 꽤 낡은 원룸이었지만 월세가 저렴하고 생각보다 깨끗했다. 주택가 안쪽에 들어앉은 점도 마음에 들었다. 방음이 잘 되는 집이라 장담하는 부동산 사장의 말에 무엇보다 귀가 솔깃했다.

"원래 옛날에 지은 집이 방음이 잘 돼요. 자재를 좋은 걸 썼거든. 그리고 이 원룸만 벌써 몇 번째 중개했는데 소음 때문에 문제된 적은 한 번도 없었어요. 한번 믿어봐."

규선은 주먹을 조그맣게 말아 쥐고 벽을 두드려봤다. 텅텅, 울리던 예전 집들과 달리 믿음직스럽고 둔탁한 소리가 났다.

이쯤이면 되겠다고 생각한 규선은 그 자리에서 계약을 결정했다.

그때까지만 해도 아무런 문제가 없을 줄 알았다. 실제로 이사는 꽤 순조로웠다. 원체 책이 많아 비용이 제법 나오긴 했지만 이삿짐센터 직원들도 친절했고 날씨도 좋았다. 문제는 다른 사람들이 모두 돌아간 뒤 혼자 짐 정리를 하면서 발생했다.

왁자지껄했던 소리가 모두 사라지자 완벽한 정적이 찾아온 것이다.

사람을 옥죌 정도의 정적.

아무런 소리도 나지 않았다. 그릇을 정리하다 보면 아무리 조심해도 소리가 나기 마련인데 그 소리마저 어딘가로 빨려들어간 듯 잘 들리지 않았다.

그 때문에 규선은 싱크대 앞에 서서 몇 번이나 뒤를 돌아본 것이다. 꺼림칙함을 느낄 정도의 정적이라니, 아무리 조용한 집이라 해도 너무 이상하다고 규선은 생각했다.

일단 그릇 정리하던 것을 멈추고 벽에다 가만히 귀를 대봤다. 차가운 느낌만 전해질 뿐 아무 소리도 새어 들어오지 않았다. 바닥에 엎드려서 귀를 기울여 봐도 마찬가지였다. 이 집으로 들어오는 소리도, 이 집에서 발생하는 소리도 모두 중간에서 흩어지고 만다. 규선으로서는 그렇게 생각할 수밖에 없었다.

청력에 문제가 있는 건 아닐까?

문득 그런 생각을 했지만 곧 고개를 저었다. 이삿짐센터 직원들과 이야기할 때는 아무런 문제가 없었던 것이다.

규선은 한숨을 한 번 쉰 후 다짐하듯 말했다.

"좋아. 조용한 집을 찾았잖아. 여긴 딱 맞는 곳이고. 불평할 거 없어. 금방 적응할 거고."

스스로를 향해 그렇게 떠들고 나서야 마음이 좀 안정됐다. 옥죄는 듯한 정적 속에서 불안감을 느꼈던 것도 신경이 예민했기에 그랬으리라. 아무렴, 마감 아닌가.

그날 저녁, 대충 정리를 끝낸 규선은 마감을 위해 책상 앞에 앉았다. 노트북이 있지만 집에서는 주로 데스크 탑만 쓰게 된다. 넓은 화면을 채워가는 맛이 또 쏠쏠하기 때문이다. 물론 그러지 못했을 때는 두 배로 괴롭지만.

규선은 프리랜서 기자였다. 의뢰를 받아 작가나 미술가 등을 만나 인터뷰를 하고 잡지에 싣는 게 주된 일이었다. 당장에 할 일은 며칠 전 만났던 소설가와의 인터뷰 내용을 정리하는 것이었다.

규선은 이어폰을 끼고 녹음 파일을 실행했다. 한 가지 일에 집중하고 있으니 집 안의 정적이 그다지 신경 쓰이지 않았다. 게다가 소설가는 달변이었다. 내용을 정리하려면 딴 데 정신을 팔 틈이 없었다.

"위험은 어디에나 도사리고 있습니다. 위험에 노출된 사람도 그만큼 많죠. 그런데 어떻습니까? 내게는 그런 일이 없을 거라며 애써 무시하고 살아가잖아요. 위험은 바로 그런 순간을 파고들고, 저 같은 추리 소설가들은 그렇게 파고든 위험을 포착해 글로 써내죠. 기자님도 명심하세요. 위험은 언제나 도사리고 있어요. 늪 속에 코만 내놓고 둥둥 떠 있는 악어들처럼 말이죠. 물을 마시러 오는 초식동물들을 호시탐탐 노리는 악어 말입니다."

소설가는 손으로 악어 입모양까지 만들어 가며 열변을 토했다. 직업이라 어쩔 수 없지만 규선은 기본적으로 말 많은 인간들, 특히 말 많은 전문가들을 싫어했다. 그런 이들은 뭔가를 다 알고 있는 듯 떠들어댔는데 소설가나 작가라는 이름만으로 누군가에게 잘난 척할 기회를 부여받았다고 생각하는 것만 같아 짜증이 났다.

규선은 녹음 파일을 잠시 중단하고 이어폰을 뺐다. 그러자 기다리고 있었다는 듯 정적이 몰려왔다.

아무런 소리도 들리지 않았다. 일상생활에서 들릴 법한 소리들, 누군가가 변기 물을 내리는 소리, 바닥을 끌면서 걷는 소리, 헛기침 하는 소리, 하다못해 수도 배관을 타고 물 흐르는 소리조차 들리지 않았다. 아무리 조용한 집이라도 생활 소음은

발생하는 법이다. 벽에 걸어놓은 시계도 평소라면 초침 소리가
꽤 컸겠지만 이 집에 와선 뚝 멈춰버렸다. 초침은 흐르되 소리
만 거세된 상태로.

마치…… 무중력 상태에 있는 것 같잖아.

가슴이 답답했다. 애써 신경을 끄고 다시 이어폰을 꽂으려
했지만 자꾸만 집 안을 둘러보게 된다. 아무것도 없다는 사실
쯤은 이미 알고 있다. 아무것도 없기에 이렇게 조용한 것이다.

차라리 TV라도 켤까?

일을 할 때는 절대 하지 않는 행동이지만 지금은 어쩔 수 없
었다. 리모컨을 찾아 들고 TV를 켰다. 바로 그때였다. 시커멓던
액정이 막 밝아지던 순간 희끄무레한 그림자가 화면에 맺혔다
가 사라졌다. 규선은 반사적으로 뒤를 돌아봤다. 보이는 거라
곤 흰 벽이 전부였다. 아직 액자 하나 걸지 않은 깨끗한 벽. 혹
시나 해서 TV를 꺼봤지만 그 그림자는 보이지 않았다. TV 액
정에도 얼룩 하나 묻어 있지 않았다.

뭐지?

찜찜한 마음을 억누르고 다시 TV를 켰다.

와하하!

TV 속 연예인들이 일제히 웃음을 터트렸다. 그 소리가 보이
지 않는 망에 한 번 걸러진 듯 먹먹하게 들렸다. 규선은 볼륨을
높였다. 마찬가지였다. 소리는 조금도 커지지 않았다. 연예인

들은 계속 박장대소를 했지만 책상을 두드리고, 발을 구르고, 옆 사람의 어깨를 치는 모습만 또렷하게 보일 뿐이었다.

기분이 나빠진 규선은 침대에 리모컨을 던져 놓은 후 벌떡 일어났다. 이렇게 예민한 상태로 있으니 산책이라도 하는 게 나을 것 같았다. 규선은 입고 있던 티셔츠 위에 후드 점퍼만 걸친 채 핸드폰을 챙겨 들고 원룸 밖으로 나갔다.

고작 현관문 하나를 열고 나왔을 뿐인데도 밖은 전혀 다른 세상이었다. 시원한 바람에 실려 여러 가지 소리가 들려왔다. 자동차 경적, 취객의 노랫소리, 누군가의 발소리, 그리고 자신의 숨소리까지. 그제야 조금 신경이 누그러졌다.

규선은 크게 기지개를 켠 후 걸음을 옮겼다. 어차피 동네 지리를 좀 알아야 했다. 어디에 편의점이 있고 어디에 약국이 있고 또 어디에 혼자서도 마음 놓고 먹을 밥집이 있는지를 알아야 앞으로의 생활이 편할 것이다.

동네 골목에는 가로등이 잘 서 있었다. 곳곳에 CCTV도 설치돼 있는 것 같았다. 그 점에 있어선 안심이었다. 규선은 그런 것들을 둘러보며 천천히 걸었다. 생각보다는 밤공기가 찼다.

골목 몇 개를 지나 제법 번화한 도로로 접어들 때쯤 친구에게서 전화가 왔다. 규선은 전화를 받았다.

"여보세요?"

친구는 발랄한 목소리로 물었다.

"이사 잘 했어?"

"응. 하긴 잘 했어."

"하긴 잘 하다니. 무슨 문제 있어?"

규선은 잠시 망설이다가 대답했다.

"아니. 문제는 무슨. 좀 피곤해서 그래."

집이 너무 조용해서 문제라고 한다면 다들 이해를 못할 것이다.

"피곤하지. 이사가 좀 힘든 일이야. 안 그래도 너 목소리가 별로다, 야."

"지금 밖인데 좀 으슬으슬 춥고 그러네."

아닌 게 아니라 바람이 불 때마다 몸이 떨리고 머리가 지끈지끈 아파 왔다.

"그럼 괜히 밖에 쏘다니지 말고 빨리 들어가."

"알았어. 넌 뭐해?"

"나? 난 이따 남친 만날 거야."

친구는 두 달 전쯤에 남자 친구를 만났다. 지금이 한창 좋을 때였다. 규선은 둘 사이가 부러웠다. 힘들 때 기댈 사람이 있으면 좋겠다고 늘 생각하던 규선이었다. 부모님 두 분은 지방에 살고 계신다. 현재는 사귀는 사람도 없다. 친구들이 있긴 하지만 외로운 건 사실이었다.

"정리 끝내면 집들이 할 테니까 놀러 와."

"그래. 내가 화장지 사서 갈게. 얼른 쉬어."

"고마워."

규선은 전화를 끊고 작게 한숨을 내쉬었다. 마음 같아서는 지금 당장 놀러 와서 하룻밤 자고 가면 어떻겠느냐고 묻고 싶었지만 입이 떨어지지 않았다. 저 적막한 집으로 혼자 돌아가야 한다는 생각만 해도 가슴이 답답했다. 안 돌아갈 수도 없었다. 긴가민가하던 증세가 차츰 심해졌기 때문이다. 두통, 오한, 그리고 몸살까지. 어느 모로 보나 약을 먹고 잠자리에 들어야 할 상태였다.

마감은 어쩌지…….

집으로 돌아오는 내내 그 고민을 했지만 일단은 침대에 눕고 싶다는 생각이 더 강했다. 규선은 도어락을 열고 원룸 안으로 들어갔다. 현관 자동 센서등은 밝아졌지만 집은 전체적으로 어두컴컴했다. 등 뒤로 문을 닫자 어둠보다도 더 답답한 적막함이 밀려왔다. 마치 보이지 않는 무언가가 꽉 막혀 있는 것만 같았다. 문이 닫히는 소리도 희미하게 들렸다. 켜놓고 간 TV에서는 여전히 연예인들이 나와 입만 벙긋거리고 있었다. 숨이 막힐 듯 갑갑했다.

"여기 어디 약이 있을 텐데……."

규선은 짐을 뒤져 결국 아스피린을 찾아냈다. 그 사이에도 찌를 듯한 두통은 계속됐다. 침을 삼킬 때마다 목도 아팠다. 일단 아스피린을 털어 넣은 뒤 철지난 내복을 꺼내 입고 담요까지 둘렀다. 그러고 나서 침대에 앉아 말없이 방 안을 둘러봤다.

아무것도 변하지 않았다. 그야말로 조용한 집이었다. 모든 소리가 무언가에 막힌 듯 희미하게 들렸다. 규선은 그 정적에 신경을 쓰다가 자기도 모르게 스르르 잠이 들었다.

뿌드득. 뿌드득.

잠결에 소리가 들렸다. 작고 희미하지만 신경을 자극하는 소리였다.

뿌드득. 뿌드득.

딱딱한 물체가 서로 맞물리며 내는 불협화음. 규선은 설핏 잠에서 깨어났다. 아직 의식의 절반은 수면 깊숙이 잠겨 있는 상태였다. 무슨 소리인지 궁금하다는 생각과 귀찮으니 이대로 계속 잠을 청하자는 생각이 동시에 들었다. 몸은 한없이 무거웠고 구석구석 쑤시지 않는 곳이 없었다.

뿌드득. 뿌드득.

특유의 리듬감을 가지고 반복해서 들리는 그 소리에 규선은 결국 눈을 떴다. 겹겹이 덧바른 어둠이 사방에 포진해 있었다. 낯선 천장과 낯선 벽, 그리고 낯선 가구들이 희미하게 눈에 들어왔다.

무슨 소리일까?

뿌드득. 뿌드득.

또 한번 그 소리가 들렸다. 이번에는 매우 가까운 곳이었다. 손을 뻗으면 닿을 것 같은 거리. 놀란 규선은 벌떡 일어났다. 그 순간 달군 칼로 찌르는 듯한 통증이 뒤통수를 스치고 지나갔다. 규선은 자기도 모르게 신음을 흘렸다.

"아!"

무시무시한 두통이었다. 몸살은 더 심했다. 온몸이 땀으로 젖었고 입안이 바싹 말랐다. 이마를 짚었다. 뜨거웠다. 다른 부위도 마찬가지였다. 뺨도 달아올랐고 눈두덩에도 열기가 그대로 느껴졌다. 규선은 간신히 침대에서 내려왔다. 몸은 아프지만 소리의 정체를 알려면 불을 켜야 했다. 옆집에서 들리는 소리일지도 몰랐다. 아니면 무언가가 고장 나서 뒤틀린 소리를 내고 있는지도. 그런 소음이라면 차라리 나았다. 아니, 반가울 지경이었다. 문제는 소리가 지나치게 선명하다는 데 있었다. 이토록 조용한 집에서 잠을 깰 정도로 거슬리는 소음이 들리다니…….

스위치가 달린 벽까지는 고작해야 두세 걸음이지만 규선은 그 걸음을 떼기가 힘들었다. 어지러워서 머리에 손을 대고 한참을 서 있다가 겨우 움직였다. 바로 그때였다. 등 뒤쪽으로 무언가가 스윽 지나갔다. 규선은 재빨리 뒤를 돌아봤다. 아무것도 보이지 않았다. 침대, 가습기, 탁자, 그리고…….

행거.

행거에 빽빽하게 걸어놓은 외투들이 살며시 흔들리고 있었다. 그 근처만 유독 어두웠다. 외투가 흔들릴 때마다 그 어둠이 일렁였다. 규선은 마른침을 삼켰다. 온몸이 딱딱하게 굳어 움직일 수가 없었다. 손가락을 간신히 스위치 위에 가져다댔다.

딸깍.

스위치를 누르는 것과 동시에 귓가에서 그 소리가 들렸다.

뿌드득. 뿌드득.

"으악!"

규선은 비명을 지르며 주저앉았다. 한기가 등허리를 훑고 지나갔다. 규선은 한껏 커진 눈으로 방 안을 둘러봤다. 형광등 아래 밝아진 방은 잠들기 전과 다를 게 없었다. 행거에 걸린 외투들도 그대로였다.

잘못 본 건가?

분명히 외투가 흔들렸다. 게다가 묘하게 부피감도 있었다. 마치 누군가가 옷을 입고 행거에 매달려 있기라도 한 것처럼.

규선은 벽을 짚고 일어나려다가 비틀거리며 푹 주저앉았다. 도무지 몸에 힘이 들어가지 않았다. 결국 엉금엉금 기다시피 해서 머리맡에 놓아둔 핸드폰을 쥐었다. 새벽 2시였다. 혹시나 해서 친구에게 전화를 걸었지만 받지 않았다. 도움을 구할 사람이 마땅히 떠오르지 않았다. 그렇다고 지금 몸 상태로 이 밤을 견디기는 너무 힘들었다.

망설이던 규선은 주섬주섬 옷을 챙겨 입고 마스크까지 쓴 다음 집을 나섰다. 택시를 타고 응급실에 갈 생각이었다. 바람이 불 때마다 머리가 띵하고 걸음을 내디딜 때마다 팔다리가 쑤셨지만 묵묵히 걸었다. 도와줄 사람 따위 아무도 없다. 철저히 혼자다. 규선은 그 사실을 뼈저리게 느끼며 응급실로 향했다.

"독감입니다. 원래 독감 증상이 갑작스레 심해집니다. 한 일주일 타미플루 먹고 쉬시면서 경과를 보시죠."

응급실 침대에 누운 지 두 시간이나 지나 나타난 의사는 간단한 검사 후 그렇게 말했다. 규선은 돌아서 가려는 의사를 붙들고 물었다.

"저…… 독감에 걸리면 환각을 보거나 환청을 듣기도 하나요?"

의사는 살짝 이맛살을 찌푸렸다.

"독감 때문에 그렇다기보다는 열이 높으면 그런 증세가 나타나기도 합니다."

"아. 네……."

규선은 고개를 끄덕였다.

하긴, 열이 40도가량 올랐으니.

찜찜하긴 했지만 납득 못 할 정도는 아니었다. 새로 이사 간

집이 이상하다고 믿기보다는 자신이 이상한 쪽이 마음이 편했다. 소리가 안 들린다 생각했던 것도, 반대로 귀에 거슬리는 소음이 들리고 행거에 걸어놓은 옷이 흔들려 보였던 것도 열이 심해 그랬던 거라면 설명 가능했다.

의사는 잠시 멈칫하더니 먼저 입을 열었다.

"그런데 환각, 환청 이야기를 하시니 노파심에 말씀을 드리자면 타미플루를 복용했을 때도 그런 부작용이 나타날 수 있어요. 그러면 즉시 복용을 중단하고 병원에 오셔야 해요."

"그런가요?"

"얼마 전에 그것 때문에 떠들썩했잖아요. 조심해서 나쁠 건 없죠. 환자분이나 저나."

"알겠습니다."

규선은 휘적휘적 걸어가는 의사를 보며 다시 침대에 누웠다. 진통제를 맞고 있으니 그래도 좀 살 것 같았다. 간호사는 링거를 다 맞으면 집으로 돌아가도 좋다고 말했다.

그래도 그 집은 싫은데.

마음은 그랬지만 별 수 없었다. 그곳이 아니면 당장 돌아갈 데가 없었다.

규선이 한숨 자고 일어나자 어느새 링거는 다 떨어졌다. 간호사가 다가와 능숙한 솜씨로 주삿바늘을 제거했다. 여전히 몸이 무겁고 아픈 규선은 끙끙거리며 침대에서 일어났다. 진료비를 내는 것도 약을 받는 것도 모두 자신이 해야 할 일이었다.

약까지 다 받으니 어느새 아침이 되었다. 희뿌옇게 동이 터 오고 있었다. 규선은 다시 택시를 잡아타고 집으로 향했다. 택시기사에게 낯선 동네의 낯선 주소를 말하는 동안 왈칵 눈물이 쏟아졌다. 혼자라는 사실이 못내 서글펐다.

규선은 조용하고 적막한 집으로 다시 들어갔다. 현관문으로 들어서던 순간, 규선은 멈칫했다. 방에 불이 꺼져 있다. 분명 환하게 켜놓고 병원으로 향했는데……. 확 두려움이 덮쳐와 들어가지도 못하고 나가지도 못하는 상황 속에서 방 안만 바라봤다. 코딱지만 한 방에 누가 숨어 들어와 있다면 바로 보일 것이다. 그게 아니라면 자신이 착각한 게 된다.

이것도 다 열 때문인가.

규선은 크게 숨을 몰아쉬며 천천히 방 안으로 들어갔다. 죄는 듯한 답답한 느낌은 좀처럼 가시지 않았다. 일단은 불을 켰다. 햇살이 비쳐 들어오고 형광등까지 켜졌지만 방은 왠지 어두컴컴했다. 규선은 외투를 벗으며 중얼거렸다.

"일단 눕자."

약 기운이 도는지 다시 졸음이 쏟아졌다. 지금은 아무것도 할 수 없었다. 그때였다. 복도 쪽이 소란스럽다 싶더니 누군가가 갑자기 문을 두드리기 시작했다.

쾅쾅쾅.

화들짝 놀란 규선은 침대 가에 그대로 서 있었다. 문 두드리는 소리마저 먹먹하게 들리긴 했지만 누가 찾아왔다는 사실이 변하지는 않았다.

이 아침에 누가?

쾅쾅쾅.

다시 한번 문을 두드렸다.

규선은 목소리를 짜내 간신히 물었다.

"누, 누구세요?"

"문 좀 열어주세요."

탁한 목소리의 여자였다.

"무슨 일이시죠?"

"일단 좀 열어봐요. 설명드릴게."

규선은 도어스코프로 복도를 내다봤다. 서너 명의 사람이 딱딱하게 굳은 표정으로 문 앞에 서 있었다. 맨 앞에 선 남자가 들고 있는 것에 눈길이 갔다. 그것은…… 영정사진이었다. 까만색 네모 틀 안에서 잔뜩 주름진 남자가 규선을 똑바로 쏘아보고 있었다. 규선은 놀라서 숨을 삼켰다.

"헉!"

"잠깐이면 되니까 좀 열어주세요."

"무슨 일인지 모르겠지만 제가 몸이 많이 안 좋아서……."

"죽은 사람이 찾아왔어요. 그러니 문 열어요."

도대체 무슨 일이지?

머릿속은 혼란스럽고 심장은 마음대로 뛰기 시작했다. 저 사람들은 문을 안 열어주면 계속 두드리며 기다릴 기세였다. 영정사진을 들고서. 죽은 사람이 찾아왔다는 건 또 무슨 소리인지 짐작도 가지 않았다. 망설이던 규선은 일단 걸쇠를 걸었다. 그러고는 살며시 문을 열었다.

눈썹 화장을 진하게 한 여자가 문틈으로 얼굴을 불쑥 들이밀었다.

"걸쇠 좀 풀어요. 영정사진만 들고 한번 스윽 둘러보고 나올 테니까."

"이게 무슨 경우에요? 전 어제 이사를 왔어요. 여긴 제 집이라고요!"

여자는 틈에 얼굴을 바싹 들이밀고 한쪽 눈으로 방안을 훑었다.

"노제를 지내야 해서요."

"노제요?"

"죽은 사람이 장지로 가기 전에 생전 애정을 가지고 있던 곳을 둘러보는 거."

"이, 이, 이 집이?"

규선은 말을 이을 수가 없었다. 부동산 사장에게 오래 비었던 집이라는 이야기만 들었을 뿐 전에 누가 살았는지에 대해

선 전혀 알지 못했다.

여자는 딱하다는 표정으로 규선을 향해 말했다.

"원래 이 집에 우리 오빠가 혼자 살고 있었는데 몸이 안 좋아져서 요양원으로 옮겼어요. 그런데 거기서 오늘 내일 하면서도 늘 이 집으로 돌아오고 싶다고 노래를 부르다가 결국 가셨지 뭐야. 마지막 가실 때도 집에 가고 싶다, 집에 가고 싶다 그 이야기만 되풀이 하셨대. 그 한을 풀어드리려고 온 거니까 문 좀 열어줘요. 안 그러면 여기도 흉흉한 일이 생길지 몰라."

반은 부탁이었고 반은 협박이었다.

어쩔 줄 몰라 엉거주춤 서 있던 규선은 결국 걸쇠를 풀었다. 기다렸다는 듯이 영정사진이 들어왔다. 눈은 퀭하고 얼굴이 시커먼 노인이었다. 주름이 보기 흉하게 자리 잡았다. 그 불길한 영정사진과 마주한 순간 규선은 딱딱하게 굳었다. 다시 열이 오르는 것 같았다.

"자, 오빠. 그토록 오고 싶어 했던 곳 마음껏 둘러보시오. 여기서 우여곡절도 많았지만 그래도 오빠 집 아니요."

아니야. 내 집이야!

규선은 그렇게 소리치고 싶었지만 입이 떨어지지 않았다.

여자는 새빨간 입술을 오물거리며 계속 말을 늘어놓았다.

"아이고. 아이고. 우리 오빠. 그렇게 소원하더니 죽어서 왔네. 아이고. 혼자 살면서 얼마나 아팠을까. 아이고. 아이고. 내가 못해줘서 참 미안해. 자, 이제 기도 올립시다."

영정사진을 든 남자가 맨 앞에 서고 그 뒤로 여자를 포함해서너 명의 사람들이 둘러섰다. 그런 뒤 고개를 숙이고 알아들을 수 없는 말로 기도를 시작했다.

규선은 기분이 나빴지만 죽은 노인이 혼자였다는 사실에 마음이 조금 풀어졌다. 노인 역시 혼자 앓다가 결국 요양원으로 옮겨졌고 거기서 최후를 맞이한 것이리라. 규선은 남 일 같지가 않았다. 그렇다고 해서 찜찜함이 사라지는 것은 아니었다.

"이제 나가주세요. 제가 많이 아파서 쉬어야 해서요."

규선은 어렵게 입을 열었다.

기도를 마친 여자가 힐끔 뒤를 돌아보더니 고개를 끄덕였다.

"마침 끝났습니다. 귀찮게 해서 죄송하네. 그래도 이렇게 우리 오빠 도왔으니 꼭 복 받으실 거요."

"네……."

왔을 때처럼 영정사진이 제일 먼저 빠져나갔고 마지막이 여자였다. 여자는 규선을 향해 한마디를 더 던졌다.

"오빠 몫까지 잘 살아줘요."

그 말이 왠지 모르게 소름 끼쳐서 규선은 서둘러 문을 닫아버렸다. 다시 정적이 찾아왔다. 침대에 털썩 주저앉았다. 폭풍이 불고 간 느낌이었다. 이사한지 하루 만에 많은 일을 겪었다.

마음 같아서는 당장 이 집을 떠나고 싶지만 대안이 없었다.

좋게 생각하는 거야, 좋게.

규선은 침대에 벌러덩 누워 간신히 생각을 가다듬었다.

이 집이 전에 살던 누군가에게도 그렇게 소중한 곳이었다면 자신에게도 그럴 수 있다. 살아가기 나름이고, 꾸며가기 나름 아니겠는가. 전에 살던 노인은 이곳에서 조용한 삶을 누리다가 요양원으로 옮겨졌다. 결국 돌아가셨다는 사실이 찜찜하긴 했지만 이 집에서 죽은 것도 아니지 않는가.

규선은 몸을 웅크리고 이불을 덮었다. 진이 빠졌다. 여전히 기침이 쏟아지고 몸이 아팠다. 일단은 한숨 더 자고 싶었다.

자고 일어나면 모든 게 괜찮아질 것 같았다.

열에 들뜬 규선은 몸을 뒤척이다가 살며시 눈을 떴다. 사방이 어두웠는데 그중에서도 유독 발치에 있는 행거 쪽이 컴컴했다. 행거에 걸린 외투가 흔들리더니…… 조금씩 부풀어 올랐다. 그러면서 어두운 그림자 하나가 그 부피감을 늘리며 천천히 다가왔다.

규선은 꼼짝도 할 수 없었다. 소리를 질러보려고 입을 열었지만 혀가 딱딱하게 굳었다. 시커먼 형체는 점점 더 다가왔다.

안 돼!

안 돼!

속으로 아무리 소리를 쳐봐야 소용없었다. 대꼬챙이처럼 빼빼 마른 검은 형체는 휘적거리며 어둠을 갈랐다. 규선은 그것이 남자라는 사실을 알 수 있었다. 그 남자는 규선의 다리를 지나 머리맡에 다다랐다.

온 힘을 다해 눈알을 굴려 그 남자를 바라봤다.

남자가 규선의 얼굴을 향해 상체를 숙여왔다.

남자의 얼굴이 점점 가까워졌다. 규선은 눈을 꼭 감아버렸다. 손발이 바들바들 떨렸다. 남은 힘을 짜내 이불을 꼭 쥐었다.

규선의 콧속으로 쉰내가 파고들었다. 규선은 이불을 머리끝까지 덮어 쓸 생각으로 팔에 잔뜩 힘을 줬다. 다음 순간……

뿌드득. 뿌드득.

"으악!"

규선은 비명을 지르며 눈을 떴다.

어두컴컴한 방안이었다. 커튼 사이로 햇살이 조금씩 비쳐들고 있었다. 분명히 켠 채 잠이 들었는데 이번에도 형광등은 꺼져 있었다.

꿈인가, 현실인가.

이제는 그것마저 구분하기가 힘들었다.

규선은 핸드폰을 확인했다. 자는 사이 친구에게서 전화가 걸려와 있었다. 전화를 걸까 하다가 그만두었다. 입을 떼는 것

조차 귀찮고 힘들었다. 규선은 타미플루를 챙겨 먹으려고 억지로 일어났다.

생수가 없었다. 어제 편의점에서 산다는 걸 깜박한 것이다.

"아……."

또 다시 눈물이 터지려는 걸 억지로 참으며 규선은 외투를 챙겨 입었다. 모든 게 다 막막했다. 단지 조용한 집을 찾았던 것뿐인데 여기로 온 후 다 엉망이 돼버렸다. 규선은 채 하루가 지나지 않았지만 집이 지긋지긋하게 싫었다.

밖으로 나가려던 규선은 잠시 멈칫하며 방 안을 바라봤다. 문득, 왜 자꾸 불이 꺼지는지 알아봐야겠다는 생각을 했다. 규선은 펼쳐놓은 노트북 위에 핸드폰을 비스듬히 세운 뒤 동영상 녹화를 눌렀다. 그러고는 다시 불을 켰다. 방 안이 밝아졌다.

뭔가가 녹화될 리는 없겠지만…….

규선은 핸드폰을 보며 생각했다. 그래도 무언가를 설치해놓았다는 사실에 마음이 든든했다. 또 다시 저절로 불이 꺼진다면 관리인을 불러야겠다고 마음먹으며 규선은 집을 나섰다.

얼른 생수를 한 병 사서 집으로 향했다. 어느덧 오후가 돼 햇살은 따뜻했지만 규선이 느끼는 한기는 전혀 가시지 않았다. 마스크를 쓰고서도 계속 기침을 해댔다. 규선은 몸을 잔뜩 옹송그린 채 엘리베이터를 탔다. 문이 막 닫히려는데 공동 현관문으로 달려 들어오는 여자가 있었다. 규선은 '열림' 버튼을 눌렀다.

"고맙습니다."

규선 또래로 보이는 젊은 여자였다. 여자는 엘리베이터에 타자마자 규선을 흘끔 바라봤다.

"혹시…… 새로 이사 온 분이죠?"

규선은 기어들어가는 목소리로 대답했다.

"네."

"아까 아침에 꽤 시끄럽던데 무슨 일 있었어요?"

"네?"

"아! 제가 바로 옆집에 살거든요. 여기 방음이 워낙 안 돼서 복도에서 나는 소리, 옆집에서 나는 소리 다 들려요."

"방음이 잘 된다고……."

"그것 때문에 진짜 고생했어요. 그쪽 분 전에 살던 할아버지, 그렇게 시끄러울 수가 없었거든요."

"시끄러웠다고요?"

두 사람이 이야기를 나누는 사이 엘리베이터가 4층에 도착했다. 규선은 머뭇거리며 내렸다. 젊은 여자도 따라 내리며 자연스레 규선의 집 쪽으로 발걸음을 옮겼다.

"말도 마세요. 노망이라도 났는지 하루 종일 고래고래 소리를 지르고 욕을 해대고 해서 경찰도 몇 번이나 출동했어요. 저도 한 번 신고를 했고 아마 윗집 아랫집 다 신고를 했을 걸요. 어느 정도였느냐 하면 그 할아버지가 소리를 지를 때면 아예 다른 소리가 안 들릴 정도였어요."

젊은 여자는 그때가 생각난 듯 미간을 찌푸렸다.

"그 좁은 방안을 돌아다니면서 쉴 새 없이 떠들어대는데 대부분 의미도 없는 말들이었어요. 제 입장에선 진짜 죽을 맛이었거든요. 그런데 어느 날부터 그 소리가 뚝 안 들리더라고요. 소문엔 병원인가 요양원인가 들어갔다고 하던데 덕분에 좀 살 만했죠."

"그 분…… 돌아가셨다고……."

"아! 그래요? 퀭하고 마른 게 건강이 안 좋아 보이긴 했어요. 근데 뭐 혼자 사니까 돌봐줄 사람이 있나요. 우리처럼 혼자 사는 사람들은 다 그렇죠. 안 그래요?"

규선은 엉겁결에 고개를 끄덕였다. 그러고는 서둘러 현관문을 열었다. 그런 규선을 향해 젊은 여자가 싱긋 웃으며 덧붙였다.

"아무튼 조용한 분이 이사 와서 다행이네요."

문을 연 규선은 적막하고 답답하며 지독히 조용한 집으로 들어갔다. 역시, 불은 꺼져 있었다.

너무 시끄러우면 그 소리에 압도돼 다른 소리가 들리지 않는다.

규선은 어디선가 읽은 구절을 떠올렸다. 아니, 또 잘난 척 하기 좋아하는 누군가로부터 들은 말일지도 몰랐다.

떨리는 마음을 붙잡고 방 안으로 한 걸음을 내딛었다. 꺼진 불을 다시 켤 생각도 하지 못했다. 그저 홀린 듯 다가가 침대 위에 생수병을 내려놓고 핸드폰을 집어 들었다. 핸드폰은 여전히 녹화 중이었다. 녹화를 중지하고 저장된 파일을 불러왔다.

파일이 재생되며 규선의 방 안 풍경이 모습을 드러냈다. 그 때까지만 해도 불은 켜진 상태였다.

규선의 뒷모습이 보이고 이내 현관문 닫히는 소리가 들린다.

조용했다. 화면 속의 집 역시 조용하기 그지없었다.

잠시 후 탁 하는 소리와 함께 형광등이 꺼졌다. 도사리고 있던 어둠이 와락 달려들었다. 규선은 입술을 깨물었다. 등이 아픈 것이 독감 때문인지 긴장감 때문인지 알 수가 없었다.

처음에는 어두컴컴한 빈 화면만 이어졌다.

그러다가 화면 앞으로 불쑥 무언가가 지나갔다. 규선은 움찔했다. 곧이어 집이 떠나갈 듯 큰소리가 들렸다.

"크아아!"

행거 쪽에 우두커니 서 있는 시커먼 형체가 보였다. 그 형체가 자신의 머리를 감싸 쥐며 계속 소리를 지르고 있었다.

"크아아!"

형제는 점점 핸드폰을 향해 다가왔다. 얼굴이 조금씩 보였다.

그 노인이었다.

불만스러운 표정으로 정면을 노려보고 있던 영정사진 속의 노인.

규선은 잔뜩 커진 눈으로 핸드폰을 뚫어져라 바라봤다. 노인은 알아들을 수 없는 말을 계속 외쳐대며 핸드폰 쪽으로 걸어와 갑자기 상체를 획 숙였다.

노인과 규선의 눈이 딱 마주쳤다. 다음 순간 노인이 꽥 소리를 질렀다.

"크아아!"

"으악!"

규선은 놀라서 핸드폰을 떨어뜨릴 뻔했다. 노인은 다시 벌떡 일어나 방안 곳곳을 서성이며 소리를 지르고 욕설을 해댔다. 그 소리가 쩌렁쩌렁 울렸다. 다른 소리들은 아예 들리지 않았다.

노인은 흉측한 얼굴로 고개를 주억거리며 바닥을 구르고 벽을 치고 자신의 머리카락을 쥐어뜯었다. 그런 뒤 또 한번 소리를 질렀다.

"내 집이야. 내 집이야!"

그때 문이 열리며 규선이 들어왔다. 현관에서 머뭇거리는 자신의 모습이 보인다. 노인의 고개가 획 돌아갔다. 움푹 팬 눈에 형형한 빛이 돌았다. 순간 그 소리가 났다.

뿌드득. 뿌드득.

노인이 이를 갈고 있었다. 뿌드득 소리가 들릴 때마다 노인의 턱이 기괴할 정도로 크게 움직였다.

뿌드득. 뿌드득.

노인은 비척거리며 규선을 향해서 움직인다. 아무것도 모르는 자신은 핸드폰을 집어 든다. 영상은 거기서 끝이 났다.

규선은 조용히 핸드폰을 내려놓았다. 정신이 아득해졌다. 심장이 너무 세게 뛰어 움직일 수가 없었다. 지금, 바로 이 순간, 그 노인이 자신 앞에 얼굴을 들이밀고 있다는 사실을 분명히 느낄 수 있었다. 역한 냄새가 났다. 규선은 현관문을 향해 급히 움직이려다가 휘청거렸다. 결국 쓰러지고 말았다. 차디찬 바닥에 쓰러진 규선은 온힘을 다해 비명을 질렀다.

아아.

그 소리는 입 밖으로 나오자마자 속절없이 흩어졌다.

다시 한번.

아아.

소리는 뻗어나가지 못했다.

더 큰 소리가 막고 있었으므로.

뿌드득. 뿌드득.

노인이 증오에 차서 이를 가는 소리만이 선명하게 들렸다. 노인은 규선을 내려다보며 서 있는 게 틀림없었다.

안의 소리도, 바깥의 소리도 들리지 않는다. 그야말로 조용한 집안에서 규선은 정신을 잃어갔다. 규선이 마지막으로 들은 것은 바로 그 소리였다.

뿌드득. 뿌드득.

2

여우고개

에고, 나는 늙어서 그런 거 잘 몰라. 남는 땅 놀리기도 뭣해서 그냥 소일거리로 밭뙈기나 가꾸는 거지. 상추, 깻잎, 방울토마토, 뭐 이것저것 다 심어. 장에 내다 팔기도 하고 내가 먹기도 하고 자식새끼들한테 보내주기도 하고. 고놈들, 따박따박 받아는 먹는데 빈말로라도 고맙다는 이야기 한 번 안 하지. 그래도 어쩌겠어, 어미니까 해주는 거지.

대박은 무슨 대박이야. 진짜 대박은 건넛집 용순 언니가 대박이지. 저 짝에 차 타고 오다 보면 매화나무가 지천이지? 올해는 매실이 대풍이라 6월인가 7월에 싹 걷어가고도 아직 남았다지 뭐야. 며칠 후면 마을 사람들 죄다 모아놓고 매실주라도 담글 모양이던데 나야 이 모양 이 꼴이니 갈 수가 있어야지. 쯧쯧.

매실이 뭐에 좋은지도 모르면서 도시 사람들은 매실액이다 매실주다 잘도 담가 먹더구먼. 거기다가 설탕인지 사카린인지 모를 것들을 푹푹 처넣어가지고. 매실의 역할은 따로 있어. 덜 익은 매실의 고 시큼하고 떫은맛이 악귀가 붙는 걸 막아준다 이 말이여.

내 어릴 적에는 산길을 두 개나 넘어 학교까지 왔다갔다는 거 아녀. 갈 때야 우르르 몰려다니니 좀 덜했는데 올 때는 무섬증이 들 때도 많았지, 하모. 산속은 어찌 그리 해가 빨리 지는지 친구들이랑 고무줄 같은 걸 몇 번 하고 보면 벌써 어둑어둑한 거야. 그럴 때마다 큰일 났다 싶어서 부리나케 달리곤 했는데, 역시 애새끼들은 똑같은 실수를 반복하는 것 같아.

정말로 뭔 일이 터지기 전에는 말이야.

그날은 푹푹 찌는 한여름이었지. 내가 똑똑히 기억하는구먼. 며칠만 있으면 방학이라 우리 모두 반쯤 풀어진 상태였지. 남자 새끼들은 일찌감치 먹을 감으러 가고 여자애들은 고무줄에 공기놀이에 정신이 팔려 있었지. 아이고, 그러다 고개를 들어보니 해가 꼴딱꼴딱 넘어가는 거 아니겠어? 우리는 큰일 났다 싶어서 제대로 인사도 못하고 집으로 내달렸지. 산을 넘는 것도 무섭지만 어머니 지청구 들을 생각에 머리가 아플 지경이었어.

나는 같은 마을에 사는 여자애 하나랑 산길로 들어섰지. 금세 어두워졌어. 눈을 한 번 감았다 떴을 뿐인데 어둑어둑해 진 거야. 누가 잡아당기기라도 한 것처럼 그림자가 쭉 늘어났지. 지금은 이름도 까먹었는데, 하여간 그 애랑 나는 손을 꼭 잡고 잰걸음으로 걸었지. 지금에 와서 생각해 보면 그날의 어둠은 뭔가 이상했어. 그걸 미리 알아챘어야 하는 건데 어린 우리들이 안다 한들 뭘 어쨌겠나?

얼마나 걸었을까, 저 멀리서, 그러니까 유독시리 어둠이 짙게 깔린 숲속 저 안쪽에서 캥캥 하는 소리가 들렸지.

분명해. 내가 그 소리를 잊을 정도로 노망이 나지는 않았어.

캥캥.

그건 여우 소리였어. 그때만 해도 마을 뒷산에 여우가 살았으니까 별다른 일도 아니었지. 여우는 사람한테 안 덤벼. 얼마나 똑똑한데. 기껏해야 닭장을 뒤져서 닭 몇 마리 잡아가는 게 다고 겨울에는 포수들한테 잡혀서 털을 뽑히기 일쑤였지. 그래도 말이여, 그때는 참 무서웠어. 그제야 어떤 '감'이 발동한 거지.

보통 여우가 아니다.

우리 둘 다 똑같은 생각을 했다니까. 우리는 달리기 시작했어. 캥캥 소리는 점점 가까워졌지. 둘러메고 있던 가방에서 달그락달그락 하는 소리가 쉬지 않고 들렸지. 사실 그날 내 책가방에는 친구의 색연필 한 자루가 들어가 있었어. 빨간색이었나, 노란색이었나 아무튼 그랬을 거야. 별다를 것도 없는 색연필인데 나는 그게 그렇게 갖고 싶었지 뭐야. 지금 생각해보면 참 웃긴 일인데 그 어린 시절에는 한번 눈독을 들이니 안 갖고는 못 참겠더라, 이 말이여. 그렇게 켕기는 일이 있으니 더 무서웠어. 나를 잡으러 뭣인가가 달려온다고 생각했던 거지.

얼마나 달렸을까, 우리는 나무뿌리에 걸려 동시에 넘어졌어. 아픈 줄도 몰랐지. 왜냐하면 고것이 바로 앞까지 왔거든. 어두워서 하나도 보이지는 않았어. 네 발 달린 짐승이 아니라는 것만 알겠더라고. 치렁치렁 기른 머리가 내 얼굴을 스쳤지 뭐야. 나는 오줌을 지리고 말았어. 그때 생각하면 무섭기도 하고 우습기도 하고. 호호호.

고것이 이래 말하더라고.

"너희 중 한 명이 날 불렀어. 누구지? 누구지?"

누구겠어? 난 바로 알아차렸지. 이상한 행동을 한 건 바로 나였거든. 눈독을 들이던 색연필 한 자루, 빨간 것인지 노란 것인지도 생각 안 나는 그것 때문에 요물이 쫓아왔다는 걸 내는 알고 있었지. 나는 그 순간에 기똥차게 머리를 굴렸지.

내 주머니에는 어머니가 챙겨준 매실 한 알이 꼭 들어 있었거든.

"다른 건 몰라도 요것은 잃어버리지 말거라."

어머니는 그리 말씀하셨어.

나는 그 매실을 꺼내며 소리를 질렀어.

"쟤야! 쟤가 내 색연필을 훔쳤어."

어찌나 크게 소리를 질렀는지 목이 칼칼하고 눈앞이 아득해지더라고. 나는 눈을 감았어. 거짓부렁이 들키지 않기만을 바라면서. 쉬익. 쉬익. 고것이 내뿜는 차가운 숨이 목덜미에 닿았어. 분한 듯 중얼거리는 소리도 들었지.

"나쁜 년이구나. 매실을 들고 다니니."

그러고는 캥, 소리가 한 번 들린 후 모든 게 사라졌어. 알겠소? 모든 게 사라졌다 이 말이요. 내 친구까지 싹 다. 다시는 돌아오지 않았지. 나는 반쯤 혼이 나간 채로 마을로 돌아왔고 집에서는 난리가 났지.

매구라고…… 아시오?

천 년 묵은 여우가 변한 것이 매구라는데, 구미호와는 또 다른 것인가 보오. 동네 어르신들은 내 친구가 사라진 사건을 두고 매구의 짓이라고 수군거렸지.

하모. 그 언덕이 여우 언덕이었으니 그리 생각할 법도 하지.

아이고, 시간도 얼마 없는데 쓸데없는 이야기가 길었구먼.

아무튼 매실은 꼭 익은 걸로 드시구려. 덜 익은 건 귀신들한테나 줘 버리고.

이제 본격적으로다가 이야기를 해야 쓰겠지? 왜 그런 일이 벌어졌는지 다들 궁금해 하더라고. 결론부터 말하자면, 나 역시 잘 모르겠어. 딱딱 경우가 맞는 이야기가 세상에 어디 있는가? 안 그려? 듣는 사람들이 잘 가려서 들어야지. 그러니까 지금부터 내가 하는 이야기는 그런 것들이라 말이요. 뭣인지는 모르겠는데 어쨌든 일어나 버린 이야기. 나는 전후관계만 설명할 테니 빈틈은 듣는 당신들이 알아서 메우소.

그럼 시작하겠소.

마을 입구에 커다란 당산나무 보셨지? 그것이 수령이 백 년이 넘는 나무요. 영험하다고 해서 다른 곳에서도 소원인지 뭔지 빌러오고 하는, 아무튼 대단한 나무지. 우리 노인네들한테야 여름에 시원한 그늘을 만들어주는 고마운 나무고.

몇 달 전, 그러니까 여름 새벽이었소. 밭에 물을 주고 집으로 돌아가는데 그날따라 허리가 영 마뜩찮게 아픈 거지. 그래서 당산나무 아래서 좀 쉬자 싶었지. 에고, 지금 생각해 보면 그냥 지나쳤으면 될 텐데 그게 안 됐던 거요. 지랄 맞은 우연이었는지, 아니면 그러려고 허리가 아팠던 건지. 내 그것은 아직도 모르겠어. 아직도……

나무에 몸을 기대고 있으니 통증이 좀 사라집디다. 바람이

솔솔 불어오니 설핏 졸음도 밀려오고, 어딘가에서 '깨로롱, 깨로롱' 하고 새소리도 들렸지. 이마에 맺힌 땀을 닦으며 일어서려는데 그게 바로 거기 있었소.

요즘 사람들은 단추가 앞에 달렸다 뭐다 해서 '카디건'이니 뭐니 부르더니만, 우리는 다 한 가지로 이래 불렀지.

스웨타.

곱디고운 빨간색 스웨타가 나뭇가지 위에 보란 듯이 걸려 있었다오.

처음에는 뭔가 싶었지. 바람이 불 때마다 한 마리 나비처럼 폴락폴락거리는 스웨타는 하늘에서 뚝 떨어진 것 같았지. 아니면 바람에 날려 당산나무까지 왔거나. 어쨌든 신기한 일이었고 나는 눈을 뗄 수가 없었지 뭐요.

스웨타는 이 늙은이가 보기에도 눈부시도록 아름다웠지. 새초롬하게 빛나는 빨간색하며 앞쪽에 자리한 꽃모양 자수까지, 게다가 두께도 적당한 것이 초가을부터 입기에 딱 좋더구려. 나는 손을 뻗어보았소. 닿을 리가 없었지만 허공에 대고 손짓이라도 해보고 싶었지. 더워서 그랬겠지만 나는 마른침을 삼켰소. 거머리처럼 부풀어 오른 혀가 내 것이 아닌 것처럼 느껴졌지.

어느새 나는 입맛을 다시고 있던 거요. 빨간 스웨타는 그만큼 매혹적이었지. 늙은이가 '매혹적'이라는 단어를 안다고 놀라지 마시오. 나이가 들수록 그런 말을 할 순간이 줄어드는 것일 뿐 단어를 까먹는 건 아니니.

얼마쯤 그 스웨타를 바라보고 있었을까, 뒤쪽에서 목소리 하나가 날아들었지.

"예쁘기도 해라."

고개를 돌리니 숙희 할망구가 서 있더군. 나랑 갑장인데도 숙희 할망구 그년은 허리도 꼿꼿하고 피부도 고왔지. 서울에서 의사 선생으로 있는 아들이 관리를 해준다나 뭐래나.

"이게 여기 걸려 있더라고."

나는 그렇게 말했지. 말을 한 직후 아차 싶었지만 그때는 이미 늦어버렸지. 욕심쟁이 숙희 할망구의 눈알이 스웨타에 콕 박혀버렸거든. 금방 쥐새끼를 잡아먹은 고양이 주둥이처럼 루주로 떡칠을 해놓은 입술을 씰룩거리면서.

"나는 당신 카디건인 줄 알았네."

숙희 할망구는 스웨타를 카디건이라고 했어. 나는 기분이 나빠졌지. 내가 그려놓은 그림에 다른 이가 마구 낙서를 한 느낌이었다면, 쉽게 이해를 하겠는가?

그림 이야기가 나와서 말이네만, 나는 학창 시절에 곧잘 그림을 그렸어. 학교 대표로 뽑혀서 읍내 미술 대회에 나가기도 했지. 지금은 요렇게 할망구가 되어서 수저도 제대로 못 쥘 정도로 손을 떨어대지만 그때만 해도 스케치북 위에 마음껏 그

림을 그렸다네. 가만, 내가 색연필 이야기를 했었나? 내 친구
의 색연필 말일세. 내내 눈독을 들이던 그 색연필을 훔쳐서 가
방에 넣었던 날이 똑똑히 생각나는구먼. 친구는 아무것도 몰랐
어. 그 후로도 영원히. 무슨 말인지 알겠나?

켁켁. 이거 미안하이. 며칠 전부터 가래가 끓어서 말이야. 목
구멍 안이 간질간질한 게 꼭 내 몸 안에 누군가가 들어와 있는
느낌이야.

아차, 이야기를 계속해야지. 처음에는 무슨 말을 해야 할지
몰랐는데 이제는 알 것 같구먼. 왜 그런 일이 벌어졌는지 소상
하게 이야기를 해야 내 마음도 편해지지 싶어. 시작은 아까 말
했던 빨간 스웨타 때문이었네. 당산나무에 걸린 고운 그 스웨
타 말일세. 나는 물론이고 숙희 할망구까지 아쉬운 눈빛으로
스웨타를 바라봤지. 노인네 둘이서 혀로 입술을 훔치며 나뭇가
지를 멍하니 보는 모습은 아마 제법 웃겼을 걸세. 그랬기에 슈
퍼 사장인 여수댁과 봉자 할망구까지 왔던 거겠지.

우리 넷은 평소에도 잘 어울려 다녔어. 이러니저러니 해도
집에 혼자 있으면 외롭고 심심했거든. 마을회관이나 당산나무
밑에 모여서 성냥개비로 화투도 치고, 자식새끼들 자랑도 하
고, 그러다가 국수 한 그릇 말아서 후루룩 먹고 나면 해가 뉘엿
뉘엿 졌지.

"참말로 곱네."

여수댁이 쭈글쭈글한 얼굴에 함박웃음을 지으며 말하더군.

"저런 건 먼저 차지하는 사람이 임자 아녀?"

봉자 할망구가 목소리를 잔뜩 낮춰서 말했지. 고년 고거는 화투를 칠 때도 사기질을 워낙 해댔어. 젊었을 적에 술집을 전전하며 고런 기술들을 배웠다더군. 그것 때문에 나랑 대판 싸운 적도 있었어.

"남 물건에 함부로 손대면 쓰나. 분명 임자가 있을 거여."

내가 못을 박아버리자 봉자 할망구는 입을 삐죽거렸지. 그 모습이 얼마나 꼴 보기 싫던지 순간 한마디를 더하려다가 참았지.

"글쎄. 주인 없는 물건 같기는 한데…… 좀 찜찜하네."

숙희 할망구가 고개를 갸우뚱하더군. 뭣이 찜찜한지는 모르겠지만 어쨌든 내 심정도 비슷했어. 누군가 일부러 높은 나뭇가지 위에 걸어놓은 것 같았거든. 우리는 스웨타를 한참 바라보다가 마을회관으로 갔어. 내 고개는 자꾸만 돌아갔어. 빨간 스웨타가 날 부르는 것만 같았거든. 다른 할망구들도 마찬가지였는지 우리는 고개를 돌렸다가 눈이 마주쳐 어색하게 웃기를 몇 번이나 거듭했지.

우리 모두, 그 빨간 스웨타에 눈독을 들이고 있었던 거지.

스웨타는 이틀이 지나도 그 자리에 있었지. 마치 누군가가 금방 널어놓은 것처럼 그 위치 그대로, 아름다운 붉은 빛을 내뿜으면서. 나는 그 이틀 동안 매일 스웨타를 보러 갔소. 아니, 하루에도 수십 번 목이 뻐근해올 때까지 나뭇가지를 올려다봤지. 다른 할망구들도 나와 같았는지 그건 확인할 수 없었소. 적어도 마주친 적은 없으니까.

이틀이 지나고 삼 일째 되는 날, 우리는 마을회관에 모였지. 그런데 봉자 할망구가 몸이 아프다며 빠졌지 뭐야. 어허, 이거 큰일이네 하면서도 모두 같은 생각을 하고 있다는 게 뻔히 보였어.

빨간 스웨타.

혹시라도 그게 없어지지 않을까 다들 노심초사했지. 물론 모두 태연한 얼굴로 화투를 치긴 했지만 정신은 딴 데 가 있었지. 결국 참다못한 숙희 할망구가 벌떡 일어나더니 말을 하더군.

"이럴 게 아니라 밖에 나가서 산책이라도 하는 게 어떻겠소?"

염병. 산책은 무슨. 그런 생각을 하면서도 따라나선 건 역시 빨간 스웨타 때문이었어. 만약 누군가가 그걸 가져야 한다면 우선순위는 처음 발견한 내게 있어야지, 암 그렇고말고. 누군가가 따지고 든다면 나는 그렇게 말할 생각이었소.

괜스레 마을을 한 바퀴 돌아 당산나무까지 왔을 때는 우리 모두 지쳐 있었지. 다행히 스웨타는 멀쩡했어. 빨간색도 그대로였고 올이 풀리거나 먼지가 묻은 흔적도 없었지.

"저건 그대로네."

여수댁이 새삼 발견했다는 듯 능구렁이 같이 고개를 돌리더구먼. 나는 안심이 되는 한편 안타깝기도 했지. 저거, 저 스웨타, 저 빨간 스웨타를 가지면 좋겠는데, 내가 제일 먼저 눈독을 들였는데 가질 수가 없는 거요. 그 답답한 마음을 알겠소? 무언가를 그토록 가지고 싶었던 건 친구의 색연필 이후 처음이었소. 몸속 깊은 곳에서 누군가가 채근을 해댔지. 저건 원래 네 물건이었다고, 그러니 오늘 밤에라도 당장 걷어 가라고.

밤이 됐소. 이 늙은이는 저녁도 먹지 않고 어둠 속에 오도카니 앉아만 있었소. 잠 같은 건 아예 찾아오지도 않았지. 나는 돌아가지 않는 머리를 억지로 굴리고 굴려 계획이란 걸 짰소. 시골에 살아보면 알겠지만, 여기서는 생각할 틈이 없소. 손바닥만 한 텃밭이라도 가지고 있다면 아침부터 저녁까지 쉴 새 없이 움직여야 하거든. 잡초도 뽑고, 웃자란 가지도 처주고, 농약도 뿌리고…… 유기농이니 무농약이니 떠들지만 그런 것들은 일손 많고 젊은 것들이나 할 수 있는 거요. 우리 같은 늙다리들은 몸이 힘드니까 쉽게 농약을 쓰지. 그렇게 일을 하고 저녁을 먹고 나면 참을 수 없는 졸음이 쏟아지는 거요.

그러니 자정이 다 되도록 깨어 있었다는 건 참말로 신기한 일이었지. 내 머릿속에는 온통 빨간 스웨타밖에 없었소. 장롱 속 깊숙이 넣어놓아도 좋으니 제발 가지고 싶었다오. 딱 한 번, 몇 분이라도 만져보고 싶었지. 그러면 당장 죽어도 여한이 없을 것 같았소.

나는 창고로 들어가 잠자리채를 꺼냈지. 가끔 손자들이 놀러 올 때면 사용하던 것이었소. 그걸 휘두르면 얼추 맞겠다 싶었지. 빨간 스웨타를 순식간에 낚아채 집으로 달려오는 걸 상상하며 나는 밤길을 걸었다오. 잰걸음이었어, 잰걸음. 그러다가 점점 발걸음이 빨라집디다. 나중에는 숫제 달리기 시작했지. 어디서 그런 힘이 솟아났는지 모를 정도로 달리고 또 달렸다오. 관절염 걸린 무릎 따위 아프지도 않았소. 다만 명치가 답답할 뿐이었지. 내 안에서 옹송그리고 있던 무언가가 명치 끝까지 밀고 올라오는 느낌이었소.

시커먼 무언가가 튀어나온 건 당산나무에 거의 다다랐을 즈음이었지. 나는 너무 놀라 그 자리에 넘어져 뒹굴고 말았소. 온몸에 불이라도 붙은 것처럼 아픕디다. 간신히 일어나서 보니 시커먼 것은 개였소. 언제부턴가 마을과 산을 오가며 밤마다 우우, 짖어대던 놈. 그것이 나를 빤히 쳐다보며 혀를 쭉 뺀 채 헐떡이고 있었지. 내게는 그놈이 귀신같아 보였소. 빨간 스웨타를 가지러 가는 나를 방해하는 악귀.

컹.

개가 한 번 짖었지.

캥캥.

어딘가에서 그 소리가 들렸소.

나는 머리가 아득해졌소. 수십 년 만에 듣는 소리였지만 그 정체는 바로 알 수 있었지. 그러고 보니 사방이 캄캄했소. 암흑 천지였지. 전봇대 꼭대기에 매달린 가로등들이 죄다 꺼진 거요.

컹.

개는 또 한번 짖었소. 아까보다 큰 소리로, 이 늙은이의 몸 뒤쪽을 보며. 뒤에 무언가가 있었지. 사르르. 까끌까끌하면서도 풍성한 털이 목 뒤를 스치고 지나갔어. 소름이 돋았지. 엉금엉금 기어서 도망을 쳤소. 차가운 손이 내 다리를 낚아챘소. 정신을 차릴 수가 없었지. 캥. 그것이…… 매구가, 내 등을 내리누르며 귓속에다 속삭였소. 아가야 오랜만이구나, 라고.

정신을 차리고 보니 새벽녘이었지. 나는 논두렁에 쓰러져 온몸이 진흙투성이였소. 여름인데도 몸이 부들부들 떨렸지. 시커먼 개는 배가 찢긴 채 죽어 있었소. 나는 돌덩이처럼 무거운 몸을 억지로 일으켜 당산나무로 향했어. 그 어떤 것보다 빨간 스웨타가 중요했으니까. 다른 건 다 상관없었소. 그때는 매구에 대한 걱정이나 두려움도 생기지 않았지. 사람이란, 참

이상한 생물이란 말이지. 이처럼 탐욕스러운 존재가 또 있을까 싶소.

당산나무가 보였지. 어슴푸레 해가 떠오르는데 당산나무 주위만은 시커먼 보자기로 싸놓은 듯 어두웠다오. 목적지가 보이자 다리가 풀리면서 호흡도 가빠졌소. 칠십이 넘게 살아오는 동안 숨이 차도록 달린 건 그때가 두 번째였지. 첫 번째는 다시 말할 필요도 없을 거요. 매구가 쫓아왔던 바로 그날이니까.

빨간 스웨타는…… 없었소.

내 눈을 의심했지. 매구가 나를 덮쳤던 간밤에 할망구 중 누군가가 스웨타를 가져가 버린 거요. 그때의 심정을 짐작이나 하겠소? 캥캥. 매구가 짖어댔소. 캥캥. 어디서 짖는지 모르지만 하여간 그런 소리를 내며 펄떡펄떡 뛰어다녔소.

나는 당산나무를 노려보며 서 있었다오. 빨간 스웨타가 널려 있던 나뭇가지에는 어둠이 오독하니 앉아서 나를 비웃는 중이었지. 숙희일까, 여수댁일까, 아니면 봉자일까? 셋 중 한 명이 그랬는지 아니면 다른 마을 사람이 그랬는지 도통 알 길이 없었지. 빨간 스웨타가 사라졌다는 사실만은 틀림없었지만 말이요.

매구는 욕심이 많아서…… 눈독을 들인 사람을 찾아온대.

우리 마을에 전설처럼 내려오던 이야기가 그제야 생각났소. 늙으면 깜박깜박하기 마련 아니오? 허지만 아무리 기억이 헐어도 화나는 일만큼은 절대 잊지 않는다오. 화와 욕심은 뼈에 사무치는 법이거든. 옛 이야기를 또 하자면 시어머니는 말년에 풍을 맞고 치매까지 걸리셨소. 자식은 물론이고 손자 이름도 기억 못 하는 양반이 내가 모질게 했던 일은 하나하나 다 기억해서 일러바치곤 했소. 동네 사람들, 동네 사람들 이 썩을 년이 기저귀를 안 갈아줘. 밥을 안 줘. 이렇게 말이오. 죽기 전까지 시어머니한테 남은 건 분노와 식탐뿐이었지.

그러고 보면 말이오, 눈독에는 화와 욕심이 같이 들어가 있는 거요. 가질 수 없으니 화가 나고 욕심이 생기고 끝내는 눈독을 들이니까.

매구는 그 눈독을 먹고 자라는 요물이었소.

나는 당산나무 아래 앉아 한참을 눈만 감고 있었소. 정신을 차리고 보니 손톱을 빠드득, 빠드득 물어뜯고 있더군. 살점이 뜯겨나가고 피가 맺혀도 멈추지 않았소. 점점 짧아지는 손톱을 보며, 일흔넷의 몸뚱이에는 화와 욕심이 쌓여갔소. 뼛속 깊숙이 사무쳤소.

"꼭 찾아내 요절을 낼 것이여."

그렇게 중얼거렸던 것 같소. 허나, 내 목소리 같지 않았지. 나는 일어섰소. 그 길로 집으로 향했지. 온몸이 아프고 눈앞이 흐려졌거든. 머릿속인지 몸속인지 모르겠지만 하여간 덜그럭거리는 소리가 났소. 이 늙은이 안에 숨어 있던 무언가가 뚜껑을 여는 걸지도 모르겠다, 나는 그런 생각을 했소.

집으로 돌아온 나는 무심코 거울을 봤지. 입 주위가 피범벅이었소. 상처는 없었지. 문득 배가 갈린 채 죽어 있던 시커먼 개가 생각났소. 혀로 입술을 핥으려는데 또 다시 구토가 몰려와 입을 크게 벌리고 말았소.

비로소 그때야 봤지.

목구멍 안쪽에서 슬금슬금 뻗어 나오는 비쩍 마른 손을.

다섯 개의 손가락이 혀를 내리 누르며 밖으로 나오는 모습이 거울에 똑똑히 비쳤소. 나는 그대로 정신을 잃고 말았소.

하루를 꼬박 누워 있었던가 보오. 눈을 떴을 때는 불그스름한 노을빛이 창문을 통해 비쳐 들었으니까. 몸을 움직이려는데 저절로 끙, 하는 소리가 흘러나오더군. 그래도 일어나야 했소. 나는 다시 한번 당산나무로 가서 빨간 스웨타를 찾아볼 생각이었소.

그때 숙희와 봉자가 내 집으로 찾아왔소.

"아이고. 이게 뭔 꼴이야? 밭에서 굴렀어?"

숙희가 화들짝 놀라며 물었지.

"당장 병원으로 가야겠구먼."

봉자도 거들었어.

"괜찮아."

나는 손사래를 쳤소. 중요한 건 병원 따위가 아니었으니까 말이오. 숙희와 봉자의 손을 나눠 잡고 물었소. 최대한 침착하게, 매구가 엿듣지 못하도록 조용히.

"그 스웨타 못 봤는가?"

"스웨타?"

숙희가 물었소. 고년이 나랑 갑장이란 말은 했소? 그날도 역시 루주를 새빨갛게 바르고 앙큼한 표정으로 나를 찾아왔더라 이 말이오. 누구를 홀리려고 그러고 다니는지 모르겠다며 숙희를 뺀 우리 셋은 곧잘 그렇게 흉을 봤었지. 아무튼 숙희는 다시 물어왔소.

"무슨 스웨타 말이야?"

"당산나무에 걸려 있던 빨간 스웨타!"

나는 소리를 빽 질렀어.

"아이고 우리 성님. 많이 아픈가 보네."

봉자가 바투 다가오며 내 손을 꼭 잡았소. 나는 그 손을 뿌리쳤지. 이년들이 장난을 한다 싶었소.

"그거 내 스웨타니까 빨리 내놔. 어떤 년이 가져갔어?"

내가 바락바락 소리를 지르니까 숙희고 봉자고 모두 얼굴이 파랗게 질렸지. 나는 둘 중 한 년이 싹싹 빌며 나올 줄 알았소. 헌데 웬걸, 둘 다 싹 잡아떼는 거 아니겠소.

"무슨 소리를 하는 거야?"

"성님. 어떤 스웨타 말하는 거요? 누가 성님 걸 가져갔소?"

이년들이! 나는 말리는 숙희와 봉자를 밀쳐버리고 신발을 꿰신었소. 그러고는 곧장 여수댁이 있는 슈퍼로 갔지. 그 두 년이 아니라면 남은 건 여수댁뿐이니 당연한 일이었지.

여수댁네 슈퍼까지 가는 동안 심장이 벌렁거렸소. 몸뚱이는 천근만근이었지만 도무지 멈출 수가 없었지. 한여름 뙤약볕이 정수리 위에서 패악을 부렸지만 나는 더운 줄도 몰랐소. 오히려 목덜미가 서늘합디다.

나는 헐레벌떡 슈퍼로 들어갔소. 의자에 앉아 선풍기 바람을 쐬고 있던 여수댁이 눈을 동그랗게 뜨고 나를 봅디다.

"성님 뭔 일 났소?"

나는 그렇게 말하는 여수댁을 향해 냅다 소리를 질렀지.

"어쨌어?"

"어쩌긴 뭘 어째요?"

아무것도 모르겠다는 듯 앙큼한 표정을 짓는 걸 보니 더 부아가 치밀었소.

"스웨타!"

"스웨타라니, 뭔 소리요?"

"당산나무에 걸려 있던 빨간 스웨타 가져갔잖아!"

"이 성님 무슨 말을 하는지 모르겠네."

여수댁이 그리 말하는 순간 나는 똑똑히 보았소. 고년이 슬그머니 고개를 돌려 방을 바라보는 걸.

옳거니 싶었지. 손바닥만 한 저 방구석에 내 스웨타를 숨겨 놓았구나, 그리 생각했지. 두 번 고민할 것도 없었소. 신발도 벗지 않고 냅다 고년 방으로 뛰어 들어갔소. 여수댁이 뒤에서 뭐라 소리를 질렀지만 그게 내 귀에 들어올 리 없었지.

워낙 자주 드나들던 곳이니까 방에 뭐가 있는지는 훤했지. 나는 옷장 문을 열어젖히고 뒤지기 시작했소. 스웨타…… 그 빨간색 스웨타…… 그것만 찾으면 된다 싶었지. 이 늙은이 눈에는 아무것도 보이지 않았소. 옷장을 헤집고 또 헤집었지. 닥치는 대로, 손에 잡히는 대로 끄집어냈다 이거요. 스웨타가 금방이라도 나올 것 같았지.

결국 옷장 바닥이 훤히 보이고 나서야 나는 뒤지는 걸 포기했소. 마음 같아서는 온 가게 구석구석을 다 헤집고 싶었지만 그때쯤에는 나도 지쳐서 더는 움직일 수 없었지. 그 사이 고년이 뭔 소리를 질러댔는지 모르겠지만 아무튼 마을 사람들이 죄다 몰려와 구경하고 있습디다. 나는 진땀을 흘리면서도 사람들 얼굴을 똑똑히 노려봤소. 스웨타를 가져간 사람이 분명 있을 테니까. 숙희와 봉자는 나랑 눈이 마주치자 슬그머니 고개를 돌리는 게 아니겠소.

"성님. 이제 나오소. 안 나오면 내 순경 부를 거니까 빨리 나오라고!"

방귀 뀐 놈이 성을 낸다고 여수댁이 버럭 소리를 지르지 뭐요.

나는 무릎을 짚고 일어나 거기 구경 나온 사람들한테 단단히 으름장을 놨소.

"누구든 내 빨간 스웨타 제자리에 안 갖다 놓으면 동네에 불을 싸지를 거니까 그리들 알아!"

사람들을 헤집고 나오는데 뒤에서 수군거리는 소리가 다 들렸소. 미쳤다고, 노망났다고, 신고해야 하는 거 아니냐고 그러는데 순간 또 화가 나서 한마디를 더 하려고 고개를 홱 돌렸소. 그때 말이오, 고개를 돌리던 바로 그때 슈퍼 기둥에 달아놓은 거울을 봤지 뭐요.

거울 속에는 눈은 번들거리고 피부는 쭈글쭈글한데 주둥이가 툭 튀어나온 여우 한 마리가 서 있었소.

캥.

나를 향해 그렇게 짖으며 웃어대는 그것은 분명 매구였소.

그걸 보니 소름이 돋습디다. 그대로 슈퍼를 나와서는 도망치듯 집으로 갔소.

캥.

캥.

캥.

매구가 따라오면서 짖어대는 것 같았소만, 그게 내 숨소리라는 걸 안 거는 집에 거의 도착했을 때쯤이었지. 그러니 이 늙

은이가 얼마나 놀랐겠나? 혹시 싶어 엉덩이 근처를 만져봤는데 다행인지 꼬리는 없었소. 나는 마루에 털썩 주저앉았지. 종일 굶었는데도 배고프다는 생각도 없었소. 다만 갈증이 나서 견딜 수가 없었지. 엉금엉금 기다시피 해 수돗가로 가서는 물을 틀어놓고 정신없이 마셨다오. 그제야 조금 살 것 같더군. 그런데 말이오, 찬물에 정신이 조금 돌아오자 문득 낯이 확 뜨거워졌지 뭐요.

내가 미쳤구나, 진짜 그런 생각을 했소. 허탈하고 무섭더이다. 제정신을 차린 것이지. 매구고 뭐고 그런 건 다 핑계고 내 욕심 탓에 모두를 괴롭힌 것 같아 낯짝이 화끈화끈 달아올랐소.

빨간 스웨타는 분명 탐이 나고 여전히 가지고 싶었지만 그보다는 일단 사과를 해야겠다는 생각이 먼저 들었소. 아니, 그렇게 사과를 해서 잘 구슬리면 셋 중 누가 슬그머니 스웨타를 내놓을지도 모른다는 생각도 사실은 좀 했소.

나는 그 길로 다시 집을 나섰소. 그 전에 냉장고에서 커다란 사이다 한 병을 챙기는 것도 잊지 않았지. 원래라면 다 같이 마을회관에 모여 연속극을 볼 시간이었거든. 내가 없지만 나머지 셋은 여전히 회관에 모여 있을 것 같았소. 사이다를 나눠 마시면서 슬그머니 미안하다고 말하고, 같이 연속극 보면서 나쁜 년 욕 좀 하고, 그러면 풀어지는 게 또 노인들 아니겠소? 그리 생각하고 갔지.

조금이나마 욕심을 버리니 몸도 마음도 한결 가볍더이다. 히히히. 웃음이 새어 나왔지 뭐요. 히히히. 다시 웃었소. 허파에 바람이 든 것처럼.

그러는 사이 마을회관에 도착했지. 과연 불이 훤히 켜져 있더구먼. 나는 조용히 입구로 다가갔소. 내가 왔다고 떠드는 것도 좀 웃긴 꼴이었으니까. 문은 활짝 열려 있고 모기장을 달아 놓았더구먼. 숙희 붕자, 여수댁이 둘러앉아서 지들끼리 뭐가 그리 좋은지 웃어젖히는 게 똑똑히 보였소.

"아까 그 성님 하는 꼴 봤소?"

"고년이 미쳐도 단단히 미쳤더구먼."

"난 옷장 다시 정리하느라 혼났잖아요. 노망이 나도 곱게 나야지. 원. 이제 똥오줌도 못 가릴 거 아녀요."

"크하하하."

고년들이 내 이야기를 하며 웃고 있었소. 내 이야기를 하며 비웃고 있었단 말이오.

"이제부턴 그 성님이랑은 상종도 맙시다."

"암. 그래야지. 미친년이랑 어울리면 우리도 그리 된다니까!"

"그게 무슨 소리예요. 하하하."

나는 당장에 쳐들어가서 저년들 머리채라도 잡을까 싶었지만 그 마음은 곧 식었소. 그 정도로는 치밀어 오르는 울화를 다

스릴 길이 없었지. 모기장 너머로 한참 노려보다가 발길을 돌렸소. 갑자기 사이다가 엄청 무겁게 느껴지더란 말이오. 사이다만이 아니었소. 무릎도 다시 쑤시고 허리도 아프고 금방이라도 쓰러질 것 같았지. 그래도 나는 이를 악물고 집으로 갔소.

그 이후 이틀을 앓아누웠는데 이번에는 아무도 찾아오지 않더군. 나는 졸지에 마을에 없어도 그만인 존재가 된 것이오. 내가 잘못한 게 뭐 있소? 먼저 눈독 들인 빨간 스웨타를 찾으려 했을 뿐인데. 안 그렇소?

나는 앓는 동안 이를 바득바득 갈았소. 억울해 미칠 지경이었거든.

이틀째 밤에 누군가 찾아왔소.

"스웨타는 찾았니?"

그자는 현관문을 사이에 두고 내게 물었소. 섀시문에 달린 간유리로는 그자의 모습을 똑똑히 볼 수 없었지만, 나는 대번에 알아챘소. 매구였던 거요. 훌쩍 큰 키에 너울너울 날리는 머리카락, 튀어나온 주둥이, 그리고 어른거리는 꼬리까지, 그게 매구가 아니면 뭐였겠소?

매구가 다시 말했지.

"사실 그 스웨타, 세 명이 돌려 입으려고 입을 꾹 다물고 있는 거야."

그제야 이 늙은이 머릿속도 시원하게 정리가 됐소. 그렇지.

그런 게 아니고선 하나같이 다 모른다고 할 수 없지! 그 생각을 하자 부아가 치밀기보다는 오히려 머리고 마음이고 차갑게 식었소.

"널 속여 먹은 인간한테는 대가를 치르게 해줘야지."

매구는 그 말을 남기고 떠나갔소.

그 이후로는 솔직히 잘 기억이 나지 않소. 퍼뜩 정신을 차리니 간유리에 울퉁불퉁 비친 내 얼굴만 보였으니까. 하지만 매구가 했던 말은 꿰매기라도 한 것처럼 머릿속에 박혀 있었지.

다음 날 나는 또 마을회관으로 갔소. 점심 무렵이었지. 우리는 늘 아침 일을 좀 해놓고 점심때 모여서 국수를 말아먹곤 화투를 한판 쳤거든. 그때는 여수댁도 슈퍼를 잠시 닫고 함께 모였지.

내가 들어서자 나머지 셋은 놀라더군. 무슨 귀신이라도 본 것 같은 얼굴이라 기분이 팍 상했지만 애써 웃는 얼굴로 말했소.

"그때 일도 사과하고 얼굴도 보고 싶고 해서 겸사겸사 와봤네."

그래도 봉자가 제일 싹싹했지. 바로 다가와서는 묻더군.

"성님. 이제 좀 괜찮소?"

"괜찮네. 다 괜찮으니까 요거나 좀 받으세."

봉자는 내가 내민 사이다를 받아서 바로 냉장고에 넣었지.

"얼굴이 많이 상했네. 그러게 왜 그 난리를 펴. 쯧쯧."

숙희가 국수를 내오며 말했어. 네 그릇이더군. 나는 자연스레 밥상에 둘러앉았지. 여수댁은 여전히 새침한 표정을 지었지만 뭐라 하진 않더군. 삶은 국수를 한 젓가락 입에 넣자 이상하게 울컥해. 나는 눈물을 참느라 혼났지. 그러고 보니 거진 사흘 만에 끼니를 때우는 거였어.

"어때? 오랜만에 먹으니까 맛있지?"

숙희가 묻기에 나는 헤벌쭉 웃기만 했지.

"성님. 아프면 병원도 좀 가고 그래요. 걱정하잖아, 모두."

여수댁이 뚱한 말투로 한마디를 했어. 나는 또 웃기만 했어. 사실은 말일세, 크크크 웃음이 터져 나오려는 걸 간신히 참고 있었지. 이유는 모르겠지만 그 상황이 웃겼어. 꼭 코메디를 볼 때처럼 웃겼다, 이 말이지.

국수를 다 먹고 드디어 화투판이 벌어졌어. 에이, 화투라 해봐야 몇 백 원 놓고 치는 건데. 누가 손해 보고 말고 할 것도 없었지. 따는 사람은 먹을 걸 사거나 해서 결국 그 돈이 그 돈이 됐거든. 나는 뭐 잘 치는 것도 아니고 못 치는 것도 아니었지. 화투는 여수댁 고년이 잘 쳐. 요로코롬 패를 숨겼다가 자기 먹을 때만 번개같이 내놓는데 아무도 못 당하지.

우리 넷은 자연스레 앉아서 각자 패를 받고 화투를 치기 시작했어. 그런데 그거 아시오? 말로는 설명을 못 하지만 똥 누고 밑 안 닦은 것처럼 찜찜한 기운이 흐르는 거. 다들 평소보다 말이 없었지. 그게 다 나 때문인 걸 어찌 모르겠나. 이러니저러니 해도 셋은 아직 날 무시하고 있던 거지. 스웨타 이야기는 입 밖으로 꺼내지도 않고 말이야.

그러던 참에 마침 봉자가 사이다를 마시겠냐고 묻더군.

"여태 넣어뒀으니 시원할 텐데 한 잔씩 하실라우?"

"안 그래도 속이 갑갑했는데 한번 줘봐."

"나도."

다들 마신다고 했지만 나는 고개를 저었소. 마실 생각이 별로 없었거든. 봉자는 맥주 컵에다가 가득 차게 사이다를 따라서 숙희와 여수댁에게 나눠줬소. 셋은 뭐가 그리 목이 말랐는지 사이다를 벌컥벌컥 마시더군. 나는 눈을 가늘게 뜨고 그 모습을 찬찬히 바라봤소. 다음에 어떤 일이 벌어질지 궁금했으니까. 크크크.

"아이고. 속이 왜 이래?"

여수댁이 그 말을 하자마자 나머지 둘도 얼굴이 허옇게 질리지 않겠소. 참으로 약효가 빠릅디다. 그러니 벌레들이 얼씬도 못 하지.

처음에는 셋 다 배를 움켜쥐고 꼼짝도 못 하더니 곧 하나둘 게워내기 시작했소. 온몸을 비틀면서, 버둥거리면서, 손가락이며 발가락을 배배 꼬면서 말이오.

컥.

컥.

컥.

질세라 서로 그런 소리를 냅디다.

"크크크."

나는 웃음이 터져 나오는 걸 더는 참을 수가 없었다오. 숙희와 봉자는 이미 눈이 희뜩 뒤집혔어. 특히 숙희는 아예 등을 활처럼 구부린 채 오줌까지 질질 싸지 뭐요. 봉자는 자기 가슴을 어찌나 세게 쥐어뜯는지 손톱이 빠질 정도였고.

"성님. 구급차…… 구급차 좀."

얼마라도 더 어리다고 여수댁이 좀 버팁디다. 고년은 내 다리를 붙잡고 신고를 해달라 난리였지. 하도 애원을 하기에 내 신고를 했수다. 119에도 신고를 하고, 112에도 신고를 했지. 그래요, 맞소. 뭐라고 하더라…… 그래! 최초 신고자가 바로 나요.

나는 고년들이 게워내고 싸지른 냄새가 워낙 고약해 마을회관 밖에 나와 있었지. 얼마 안 있어 구급차가 먼저 오더군. 무슨 일이냐고 묻는 그 사람들한테 나는 회관 안을 가리켰어. 그러고는 말했지.

"뭘 잘못 먹었는지 다들 배가 아프다네."

뭐, 내 말이 틀리진 않았잖소. 크크크.

아이고. 할 말이 없다 하면서도 오래도 떠들었네. 이제 마지막이오. 숙희는 그 자리에서 죽었다더구먼. 봉자랑 여수댁은 병원에 실려 가서 죽었고. 그래도 여수댁이 사흘이나 버텼다니 대단한 일이지. 안 그렇소?

나는 경찰에다가 모두 이야기를 했소. 내가 샀을 땐 이미 저러고 있었다고. 경찰은 대번에 날 의심하더군. 여수댁 고년이 죽기 전에 한마디를 했다나 봐. 내가 사이다를 가져왔다고. 그리고 그 사이다에서 농약이 나왔으니 빼도박도 못 하게 된 것이지. 허허. 경찰이 묻더군. 왜 그런 거냐고. 나는 빨간 스웨타 이야기를 해줬소. 고년들이 내 스웨타를 훔쳤다는 이야기. 그랬더니 이 경찰 양반들이 나를 노망난 노인 취급하네? 억울했지만 아무도 내 말을 안 믿어줬어.

그래서 지금 여기 있는 것이오. 의사 선생을 만나 이야기하게 된 것도 다 그 때문이라고. 자, 내 이야기는 끝났소만 혹시 더 궁금한 게 있소?

뭐? 후회? 아, 그거야 당연히 후회하지. 빨간 스웨타 말이오, 그걸 본 바로 그 순간에 그냥 걸어왔으면 됐을 텐데, 하는 후회는 매일 하지. 여기 4층에서 내려다보면 쇠창살 사이로 큰 나무들이 보이지 않소? 가끔은 그 나무마다 빨간 스웨타가 걸려 있는 걸 본다오. 하지만 눈을 감았다 뜨면 없어지지. 그런데 의사 양반, 그 스웨타는 도대체 어디로 갔을까? 내가 경찰한테 사정사정해 조사인지 뭔지 해봤지만 죽은 년들 집에선 발견되지 않았다고 했거든. 그러면 그건 도대체 어디로 간 것일까, 매일 밤 그 궁금증에 시달린다오. 매구도 끝내 대답을 안 해주거든.

누구? 매구? 그럼. 매구는 매일 찾아오지. 저기 저 창문에 매달려서 매일 밤 내게 속삭인다오.

"여기서 나가고 싶지?"

크크크. 매구란 참 요상하지 않소. 잠시만, 목에 가래가 걸려서…….

캥.

캥.

캥.

아이고, 이제 좀 살 것 같구먼. 어때요, 의사 양반. 난 물 한 잔 마셔야겠는데 의사 양반은 시원한 사이다 한 잔 하실라우? 응?

3

그 여름의 흉가

햇살이 블라인드 틈새로 스며든다. 일직선의 가느다란 광선 사이에서 먼지들이 이리저리 춤을 춘다. 옅은 숨소리처럼 희미하게 울리는 음악 사이로 시곗바늘 움직이는 소리가 들린다.

똑딱. 똑딱.

규칙적인 그 소리를 따라 조금씩 고개를 끄덕여본다. 그러면서 햇살이 비집고 들어온 그 틈새 너머의 풍경을, 찬란한 햇빛과 열기가 가득한 그곳을 물끄러미 응시한다.

"블라인드를 좀 걷을까요?"

내 시선을 눈치챘는지 의사가 일어나 블라인드를 올린다. 드르륵, 햇살이 쏟아진다. 갑자기 들이닥친 햇살 뭉치에 얼굴을 찡그리며 한 손을 들어 가린다. 의사가 그런 나를 바라보며 빙긋 웃더니 자리에 앉는다.

"자, 기분이 좀 어때요?"

"괜찮아요."

"아직도 자살하고 싶고 그래요?"

의사는 단도직입적으로 묻는다. 에둘러 말하지 않는 게 이 의사의 장점이다.

"아니요."

나는 그렇게 말하며 목을 쓰다듬는다. 나일론 줄이 남긴 빨간 상처가 쓰리다. 병원에서 의식을 차렸을 때 의사는 "자살하려면 좋은 줄로 해야죠. 그래야 상처가 안 남지"라고 말하며 장난스럽게 웃었다.

좋은 사람이다, 이 의사는.

"우울한 건 어때요?"

"전 우울한 게 아니에요. 그냥 사는 게 재미가 없어요."

"저런! 새파란 청춘인데 노인네처럼 삶이 재미없으면 어쩌나?"

"정말이에요. 언제부터인지 모르겠지만 너무 심심했어요. 밥을 먹고, 숨을 쉬고, 공부를 하고, 사람을 만나는 모든 일들이 재미도 없고 심심해요. 그래서……"

"그래서 자살을?"

"······네."

"구태의연하게 들리겠지만 자살이 능사는 아니죠. 가족들과 상의는 해봤어요?"

"가족은 없어요. 아빠는 새장가를 가서 미국에 계시고, 형제도 없고······."

"어머니는?"

"돌아가셨어요. 제가 어릴 때. 전 엄마 얼굴도 기억 못 해요. 흑백 사진으로만 봤거든요. 아빠 말로는 엄마도 사는 게 심심해서 자살했대요."

"저런! 환자분 같은 경우엔 알게 모르게 어머니의 자살이 작용하고 있는 것 같군요. 자살 충동은 계속해서 일어나는 거니까 장기적이고 지속적인 치료가 필요합니다. 아셨죠?"

의사가 대답을 기다리는 표정으로 빤히 바라본다. 똑딱. 똑딱. 시계는 지겹지도 않은지, 여전히 움직인다. 가만히 중얼거려본다.

"김빠진 사이다처럼 밍밍한 인생."

"네? 뭐라고 하셨죠?"

"아니요. 아무 말도 안 했어요."

그러면서 거대하고 깊은, 원자폭탄 같은 하품을 터트린다. 눈물 한 방울이 맺힌다.

"선생님."

"네. 말씀하시죠."

"저한테는 아무래도 엄마의 영혼이 들러붙어서 자살하라고 속삭이는 것 같아요. 이런 건 어떻게 치료하죠?"

의사의 눈이 커진다. 점점 더, 커진다. 점점 더…….

"여기 있을 줄 알았다! 일어나봐."

잠에서 깨어났다. 강렬한 여름 햇살이 눈을 파고들어 나도 모르게 얼굴을 찡그렸다. 민식이 나를 내려다보며 서 있었다.

"수업도 안 들어오고 옥상에 누워서 뭐하고 있어?"

녀석이 옆에 퍼질러 앉으며 물었다.

"꿈꾸고 있었어."

"싱거운 놈."

민식은 그렇게 말하며 늘어져라 기지개를 켰다.

"수업은 어땠어? 이제 방학이지?"

"그래. 시험도 끝났겠다, 이제는 아르바이트나 해야지. 넌 방학 때 뭐 할 거야?"

"몰라. 아직 계획 없어. 나도 돈을 벌긴 해야 하는데……."

"너 병원에도 꼬박꼬박 가야 하니까 돈이 장난 아니게 들겠다."

"병원에는 이제 안 가."

"왜? 의사가 오지 말래?"

"아니. 가봐야 만날 똑같은 소리만 하니까. 우울증이 어떻고, 심리가 어떻고……. 사는 게 심심하다는 내 말을 아무도 이해 못 해."

"야! 그래도 병원은 가야지. 나 또 지난번처럼 송장 치우긴 싫다!"

주황색 나일론 줄을 샀던 건 순전히 충동적이었다. 철물점 앞을 지나다가 우연히 줄을 발견했다. 사놓고 보니 '내가 이걸 왜 샀담?' 하고 의아했는데, 검은색 비닐봉투 밖으로 슬그머니 고개를 내민 그 줄을 보고 있자니 슬그머니 자살 충동이 몰려왔다. 줄을 고리 모양으로 만들어 천장에 걸었다. 비장한 각오 따위는 없었다. 슬프지도 않았다. 의자를 박차고 날아올랐을 때도 마찬가지였다.

대롱대롱 매달린 채 죽어가는 나를 발견한 것이 민식이었다. 자고 있다가 이상한 기분이 들어서 십 분 거리의 내 자취방까지 달려와서 나를 구했단다.

"아직도 그때 생각을 하면……. 꿈속에서 어떤 여자가 네 목에다가 줄을 매고 있는 건지, 아니면 맨 줄을 풀고 있는 건지 아무튼 그렇더라고. 내가 그 꿈을 안 꿨으면 어쩔 뻔했냐?"

죽었겠지, 라고 말하려다가 그만뒀다. 대신에 나도 기지개를 켰다.

"지나간 이야기는 그만두고, 뭐 좋은 일자리 없냐? 병원비

70

아니고라도 방세며 식비까지 나도 버겁다, 버거워. 아빠가 부쳐주는 돈으로는 학비 내기도 빠듯하고."

"그럼 나랑 같이 일해볼래? 사실 나 이벤트 회사에 아르바이트 자리 얻었거든. 거기서 한 명 더 필요하다던데."

"이벤트 회사? 그거 인형 옷 입고 춤추고 그래야 하는 거 아냐? 내가 그런 일을 어떻게 해?"

"아냐. 그런 게 아니고, 무슨 가이드를 한다던데, 확실한 건 내일 가봐야 알 수 있어. 어때, 같이 가볼래?"

그러면서 녀석은 아르바이트 구함이라고 크게 적힌 전단지를 꺼냈다.

'가족 같은 분위기, 즐거운 경험, 일당제.'

심심하건 말건 인생은 두 눈 시뻘겋게 뜬 현실이었으므로 나는 말없이 그 전단지를 받았다. 그리고 다음 날, 바로 그 이벤트 회사를 찾아갔다.

'앗싸 이벤트'라는, 다분히 뽕짝 분위기가 나는 이름의 그 회사는 특이하게도 여름 한철 동안 흉가 체험 이벤트를 하고 있었다. 내가 맡은 일도 바로 이름도 거창한 '호러 가이드'였다.

나는 사람들을 데리고 여기저기 다니는 게 싫었지만 딱히 대안이 없었다. 호러 가이드를 선택하지 않았다면 곰 탈을 쓰고 풍선을 나눠주는 행사 이벤트로 끌려갈 판이었다.

"차로 사람들 실어 나르기만 하면 돼. 귀신 이야기 해주면서 적당히 분위기 맞춰주고, 사진도 좀 찍어주고. 잊지 마! 사진 찍을 때는 약간 흔들리게 찍는 거. 그래야 나중에 보고 귀신이 다 뭐다 호들갑들을 떨거든."

앗싸 이벤트라고 크게 적힌 티를 입고 호러 가이드라는 명찰까지 단 내게 박 대리라는 사람이 해준 말이다. 나는 '경기도 파주 흉가, 10년 사이 세 명이 죽어 나감, KBS에 크게 보도됨, 지난 달 체험자들도 귀신을 목격'이라고 타이핑된 종이를 보며 묻지 않을 수 없었다.

"정말로 귀신이 나오나요?"

박 대리 왈,

"설마?"

그렇게 나는 일을 시작했다.

유명 음식점 소개 문구 같은 전단을 들고 앞으로 보나 뒤로 보나 앗싸 이벤트인 옷을 입고, 경기도로, 강원도로, 혹은 서울 시내로 귀신이 나온다는 집을 찾아 사람들을 데리고 다녔다. 그러고는 낡고 허름한, 당장이라도 귀신이 나올 것만 같은 집에 도착해서 심 굵은 양초를 피워 놓고 이런 이야기들을 했다.

"이 이야기는 제가 직접 겪은 일인데, 부산 구포 아시죠? 구포. 예전에 열차가 탈선해서 몇 십 명이나 죽었던 거기요. 거기서 가까운 곳에 흉가가 하나 있어요. 구포 열차 사건 이후에 집

값이 내려가고 흉흉한 소문이 돌아서 자연스레 비게 된 집이라는데, 귀신들 천지라더군요. 그때도 오늘처럼 비가 부슬부슬 내리는 날이었어요. 서울에서 참가자들을 모시고 부산까지 갔죠. 그때는 이박삼일이었어요. 아무튼, 구포 흉가를 찾아서 가는데 이상하게도 길을 못 찾겠는 거예요. 낮에 와서 답사했을 때는 분명히 찾기 쉬웠거든요. 컴컴한 밤길을 한참 달리다 보니까 길옆으로 철길이 나왔어요. 전 속으로 생각했죠. 지난번에는 철길 같은 건 없었는데……. 그래도 계속 운전했는데 앞에 어떤 아주머니가 아기를 업고 걸어가고 있는 게 보였어요. 그래서 저는 차를 옆으로 세우고 창문을 내려서 길을 물어보려고 했죠. 그런데 어떤 일이 생겼는지 아세요? 지금 생각해도 등골이 오싹한데, 창문을 내리고 딱 보니까 다리 없는 엄마가 목 없는 애기를 업고 있는 거였어요."

물론, 이야기는 거짓말이었지만 몇몇 사람들은 벌써 "이건 제가 직접 겪은 이야기" 부분에서부터 숨을 멈췄고, "목 없는 애기" 부분에선 거의 대부분 비명을 지르거나 눈을 질끈 감기 일쑤였다.

그 후로는 일사천리.

참가자들은 폐가의 뜯긴 벽지와 얼룩진 문만 봐도 혼비백산했고, 바람 소리와 떨어지는 물방울에도 괴성을 질렀다. 그러고는 기념사진을 찍고, 귀신이 찍히진 않았는지 확인한 후, 가

끔은 나무 그림자나 먼지 같은 걸 보고 귀신이다 아니다 설왕
설래를 반복하기도 하면서 집으로 돌아갔다.

그렇게 몇 주일이 쏜살같이 지나갔다. 어느 날, 곰 탈을 쓴
민식이 물었다.

"어때? 흉가 같은 곳에 다니니까 인생이 좀 재미있냐?"

그날은 흉가 체험이 없었다. 그래서 나는 민식을 따라 행사
이벤트에 가게 됐고, 쨍쨍 내리쬐는 여름 햇살을 힘겨워하는
녀석을 위해 곰 탈 안으로 연신 얼음을 밀어넣던 중이었다.

"재미? 아니 여전히 심심해."

"그럼 이 곰 탈 한번 써보는 건 어떠냐? 진짜 재미있는데.
이거 쓰고 한 십 분만 있으면 곰 탈을 쓰지 않은 인생이 얼마
나 행복한지 대번에 알 수 있다니까."

"됐어. 그나저나 말이야, 흉가 체험을 하는 사람들을 보면
나는 이해할 수가 없더라. 비싼 돈 들여서 일부러 비명 지르고
왜 눈물까지 흘리는지 몰라?"

"야. 그건 네가 인생을 재미없게 살아서 그런 거야. 그 사람
들은 열정이 있잖아. 자기가 좋아하는 걸 위해 돈을 모으고 밤
을 새는 열정. 지금 너한테 필요한 것도 바로 그 열정이야."

"열정이라……. 우리 엄마도 그럼 열정이 없어서 자살했
을까?"

나는 얼음 하나를 입에 털어 넣고 오도독 씹으며 말했다.

"뭐?"

"아니다. 얘들 줄 많이 섰다. 빨리 풍선이나 나눠줘."

나는 자리에서 일어났다. 습관처럼 목 주위를 쓰다듬었다. 상처는 아물었지만 미묘하게 쓰라렸다. 슬금슬금 자살 충동이 밀려 올라왔다.

빠르게 지나치는 자동차들을 보며 뛰어들고 싶다는, 그러면 모든 것이 편안해질 것 같다는 생각이 들었다.

나도 모르게 한 발을 내디뎠다. 누군가 내 어깨를 붙잡고 이끄는 것처럼 도저히 발걸음을 멈출 수 없었다. 얼굴에서는 비 오듯 땀이 쏟아졌다.

또 한 발.

차들이 코앞에서 무섭게 지나갔다.

한 발만 더 내디디면……. 한 발만 더.

그때 누군가가 내 어깨를 쳤다. 순간 정신이 번쩍 들었다. 나는 깜짝 놀라 뒤를 돌아봤다. 아무도 없었다. 아이들에게 열심히 풍선을 나눠주는 민식의 모습만 보일 뿐이었다.

여름의 끝자락 무렵, 하늘의 농도가 조금 더 짙어지고 국도변에 코스모스가 피기 시작하던 그때, 강원도의 한 흉가로 사람들을 데리고 갔다. 휴가철이 지나 도로는 한산했고, 승합차

옆구리에 매달린 '앗싸 이벤트 흉가 체험!' 현수막은 뱃전을 때리는 파도처럼 철썩철썩 차를 두드렸다. 창밖으로 해가 가물가물해지는 초저녁 하늘이 보이자 참가자들은 들뜬 듯 말이 많아졌다.

그때쯤 나는 일에 꽤 익숙해져 실제로는 심드렁했음에도 불구하고 쿵작쿵작 장단을 잘 맞춰주는 '호러 가이드'로 거듭나 있었다. 참가자들은 인터넷 동호회에서 모인 사람들이라 서로를 닉네임으로 불렀다. 리더로 보이는 '비명'이라는 사람이 내게 물었다.

"강원도 흉가는 폐광되면서 자살한 사람들 때문에 생긴 거라면서요?"

처음부터 목소리를 깔면 긴장감이 떨어지는 법. 나는 운전을 하면서 아무것도 아니라는 듯 대답했다.

"뭐, 그렇다고 하더라고요. 5년 전인가 폐광되었는데, 끝까지 버티면서 나가지 않았던 사람들이 몇 명 있었던가봐요. 폐광 처리를 해야 하는 작업반이 마을로 들어오는 것도 막고요. 그렇게 며칠이 지나서 작업반, 그러니까 폐광 처리하는 애들이 마을로 들어갔는데, 마을이 쥐 죽은 듯 조용했다는 거예요. 며칠 전만 해도 돌멩이가 날아오고 난리였는데. 이상하게 여긴 작업반이 이 집 저 집 수색을 시작했는데 역시 아무도 없었나봐요. 그냥 소리 소문 없이 마을을 비웠구나 생각한 작업반이 그 마을에서 제일 큰 집에 짐을 풀고 그날부터 작업을 시작했는데, 귀신이 나타나고 사람들이 사고로 죽고 아주 난리가 아니었나봐요. 공포에 질린 사람들이 마을을 떠나려고 허둥지둥 짐을 싸는데 다락으로 만들어진 그 집 천장이 무너지면서 뭔가가 떨어지더래요. 그게 뭔 줄 아세요?"

나는 뒤를 돌아보지 않고도 사람들이 잔뜩 긴장해서 귀를 기울이고 있다는 사실을 느낄 수 있었다. 일, 이, 삼, 사 초쯤 지나서 아까보다는 좀 더 낮고 은근한 목소리로 이야기를 마치면 된다.

"끝까지 남아 있었던 마을 사람들 시체였대요. 다락에 올라가서 단체로 쥐약을 먹고 자살했는데 쥐약을 얼마나 먹었는지 썩지도 않고 생생한 시체가 몇 구나 떨어졌었나 봐요. 그 후로 유명한 흉가가 됐죠."

예상보다 십 분 늦게 폐광 마을에 도착했고, 질긴 여름 태양도 비집고 들어갈 수 없는 강원도 산간은 이미 칠흑 같은 어둠에 싸여 있었다. 사람들은 내 이야기 때문에 목적지까지 가는 내내 불안해했고, 차가 마을 입구로 들어서서 흉흉한 풍경을 지나쳐 갈 때는 다시 돌아가고 싶다며 우는 참가자도 생겼다.

우리가 체험할 흉가는 마을 중앙에 있었다. 뭔가 일부러 쪼개 놓은 듯 갈라진 나무 대문, 갈가리 찢긴 흙벽과 무너져 내린 지붕, 그리고 마당의 오래된 우물까지, 강원도 흉가는 내가 그때껏 본 흉가 중 가장 끔찍한 모습이었다. 마치 상처 입은 짐승이 어둠 속에서 몸을 도사리고 있는 것 같았다.

참가자들의 공포는 더했다. 별로 무서울 것 없다며 호언장담하던 '비명'마저 차에서 내려서는 숨을 멈췄고, '좀비소녀'라고 불리던 여자는 그대로 주저앉고 말았다.

나는 사람들을 추슬러 흉가 안으로 데리고 들어갔다. 벽 여기저기에는 붉은 칠이 가득했다. 무너져 내린 천장 위로 어두컴컴한 다락이 보였다. 흉가 체험으로는 그야말로 최적의 장소였다. 나는 여느 때와 마찬가지로 초를 켜고 귀신 이야기 몇 개를 들려줬다. 분위기는 최고조가 됐다. 몇 사람이 조를 짜고 계획을 세우는 걸 보면서 나는 밖으로 나왔다.

여름 밤하늘에는 별빛이 찬란했다. 나는 사람들을 실어 온 승합차에 기대서 밤하늘을 물끄러미 바라봤다. 흉가 이곳저곳에서는 사람들의 비명이 끊이질 않았다. 스산한 바람이 불었고, 바람 때문인지 아니면 눈부시게 빛나는 별빛 때문인지 나는 갑자기 우울해졌다. 마음 깊숙한 곳에서 맴돌던 심심함과 허무 그리고 삶에 대한 회의가 슬그머니 수면 위로 떠올랐다.

그때, 흉가에서 누군가가 걸어나왔다. 머리카락이 짧은 여자였다. 처음에는 무서운 걸 못 견뎌서 먼저 나온 거라 생각했다. 그런 일은 종종 있었다. 눈물과 콧물이 범벅이 되어 뛰쳐나오는 사람이 한둘이 아니었다. 하지만 나를 향해 걸어온 여자는 무덤덤한 표정이었다. 심드렁해 보이기까지 했다. 여자는 아무 말도 없이 내 옆으로 다가와 승합차에 기대더니 그 전까지 내가 바라보던 쪽을 향해 눈을 돌렸다. 그러고는 물었다.

"뭘 보고 있었어요?"

여자의 억양은 특이했다. 강약과 고저가 없는, 밋밋한 억양.

"그냥, 밤하늘이요."

"아. 그렇구나!"

여자는 모든 걸 이해했다는 듯 고개를 끄덕였다. 역시나 아무런 감흥이 없는 '아'와 '그렇구나!'였고, 대신에 그녀의 짧은 머리카락만은 고갯짓에 따라 찰랑찰랑 흔들렸다.

"무서웠던가 봐요?"

나는 아니란 걸 알면서도 그렇게 물었다. 역시 돌아온 대답은, "무섭긴요"였다. 그 말을 들으니 그녀가 차를 타고 오는 내내 맨 뒷자리 구석에 앉아 심드렁한 얼굴로 창밖만 내다보던 게 떠올랐다. 그 얼굴이 왠지 낯익어서 룸미러로 간간히 훔쳐볼 때마다 그녀는 계속 같은 자세였던 것도 생각났다.

"이런 거 재미없나 봐요?

내가 물었다.

"가이드 씨는 재미있어요?"

그녀는 대답은 하지 않고 내 명찰을 보며 물었다. 나는 '호러 씨'라고 불리지 않아 천만다행이라는 생각을 하며 친절하고 상냥한 '가이드 씨'답게 이렇게 대답했다.

"저야 참가자분들과 흉가 체험을 하는 게 재미있고 즐겁죠."

"거짓말!"

억양에 변화가 없는 여자에게서, 그것도 생전 처음 보는 여자에게서 "거짓말"이라는 비난을 듣는 건, 아무렇게나 뱉어놓은 껌을 밟는 느낌이었다.

"아니, 왜 말씀을 그렇게……."

"심심하잖아요? 죽을 만큼."

입을 딱 벌리고 그녀를 노려봤다. 그녀는 여전히 어둠 속의 한곳을 응시하고 있었다. 순간, 주위의 공기가 조금 싸늘해졌다는 느낌이 들었다. 내가 심심해한다는 걸 어떻게 알았지? 얼굴에 드러나나? 나는 애써 태연한 척 물었다.

"제가 심심해 보여요?"

"네. 아주 많이. 심심해서 어쩔 줄 몰라 하는 사람 같아 보여요."

"어떤 모습이 심심해 보이는데요?"

"진심이 없잖아요. 아까 차에서 이야기할 때도, 흉가 안에서 이야기할 때도 전혀 즐거워 보이지 않았어요."

딱히 대답할 말이 없었다. 한참 동안 침묵한 후, 그녀라면 내 마음을 이해해줄 수도 있겠다는 생각이 들어서 나는 천천히 입을 열었다.

"맞아요. 전 심심해요. 산다는 게 못 견디게 심심해요. 이유는 저도 잘 모르겠어요. 친구 녀석은 제가 열정이 없어서 그렇다는데, 그게 맞는지……. 아무튼 저는 좋아하는 것도, 딱히 믿는 것도 없어요. 사주궁합이나 오늘의 운세도, 운명이나 기적도, 사랑이나 애정도, 그리고 부모님의 마음 같은 것도 다 안 믿어요. 특히 엄마는요. 참! 그리고 또 귀신도 안 믿어요. 그러니까 이런 흉가 체험 같은 게 재미있을 리 없죠."

믿지 않는 건 그것뿐만이 아니었다. 천국이나 지옥도, 네스호의 괴물도, 히말라야의 설인도, 외계인도, 늑대인간이나 흡혈귀도, 초능력이나 최면술도, 좀비도, 빨간 마스크도, 홍콩 할매 귀신도, 투탕카멘의 저주도, 자연발화도, 폴터가이스트나 엑소시즘도, 점이나 무당도, 신이나 악마도, 종말론도, 타임머신도, 음모이론도, 바다괴물도, 도시전설이나 학교전설도, 구렁이를 죽인 수위 아저씨도, 거꾸로 보면 귀신이라는 유관순 그림도, 냉동인간이나 생명연장도, 흉가도, 고무신 거꾸로 신은 애인도, 행복도, 권선징악도, 기(氣)나 도(道)도, 밑지고 판다는 말도, 방금 출발했다는 중국집도, 진짜 사랑해서 결혼했다는 말도, 절대 그런 일이 없다는 연예인도, 잘 하겠다는 정치인도, 재미도, 즐거움도, 노을도, 바다도, 바람도, 아름다움도 믿지 않았다. 그리고 내가 젖도 떼기 전 우울증에 시달리다 손목을 긋고 자살했다는 엄마도 믿지 않았다.

말을 마치고 고개를 드니 그녀가 팔짱을 낀 채 나를 노려보고 있었다. 화가 난 것 같은 표정이었다. 그녀가 쏘아붙였다.

"사람이 왜 그래요?"

어리둥절하긴 했지만, 역시 대답할 말이 없었다.

"세상에 재미있는 일들이 얼마나 많은데, 그렇게 심심하게 사는 건 무책임한 일 아니에요? 기도를 하든지 공양을 드리든지, 아니면 피를 꿀꺽꿀꺽 마시든지 아무튼 종교를 하나쯤 가져보시고요, 아침에 일어나 운동도 좀 해보세요. 숨이 넘어갈 정도로 달려보기도 하고, 쓰러질 때까지 팔굽혀펴기도 하고, 눈이 벌게질 때까지 영화도 보고, 배가 터질 때까지 먹기도 해보고, 탈진할 때까지 자위도 해보세요. 진짜 삶을 살라고요."

그녀의 일장연설은 억양도 없고, 강약도 없으며, 고저조차도 없기에 오히려 더 압도적이었다. 생전 처음 보는 여자한테 속마음을 털어놓았다가 도리어 놀림만 당한 것 같아 화가 나긴 했지만 나는 아무 말도 하지 못했다.

당신도 만만치 않게 심심해 보인다고 말하고 싶었지만 애써 삼켰고 다만 그녀를 따라 어둠 속의 한곳을 응시할 뿐이었다. 잠시 후, 비명이 줄어드는가 싶더니 사람들이 우르르 몰려나왔다. 나는 얼른 뛰어가서 사람들을 맞았다. 그때 내 뒤로 그녀의 목소리가 들렸다.

"열심히 살지 않으면 꼭 후회할 때가 올 거예요. 그러니까 열심히, 최선을 다해서 사세요. 참! 그리고 가이드 씨가 안 믿는다는 것들, 모두 다 진짜로 있는 것들이에요. 아셨죠?"

흉가에서 나온 사람들은 만족한 표정이었다. '비명'이 말했다.

"제가 지금껏 본 흉가 중 오늘이 최고였습니다! 저희 회원들도 무섭다고 난리였어요. 사진을 많이 찍었는데 귀신이라도 찍혔으면 어쩌죠? 하하하."

그러거나 말거나, 나는 빨리 떠나고 싶었다. 머릿속에 여러 생각들이 가득했기 때문이다. 특히 그녀가 마지막에 했던 말이 계속 맴돌았다. 그녀를 붙들고 좀 더 이야기를 나누고 싶었지만 상황이 여의치 않았다. 난 사람들을 세워놓고 서둘러 단체사진을 찍었다. 내내 심드렁하던 그녀도 그때만큼은 환하게 웃으며 손가락으로 브이까지 그렸다. 그러고 나서 사람들을 태우고 차를 출발시켰다. 그때 나는 터미널에 닿으면 그녀에게 연락처를 물어볼 나름의 계획까지 세웠다.

하지만 차가 다시 어두운 도로로 접어들었을 때, 그녀는 없었다. 나는 다시 한번 룸미러로 확인했다. 역시 없었다. 맨 뒷좌석의 창가 자리, 올 때 타고 있던 그 자리에 그녀가 없었다.

나는 황급히 차를 세웠다.

"왜 그러세요?"

사람들이 깜짝 놀라서 물었다.

"한 분을 안 태우고 온 것 같아요!"

"누구요?"

조수석에 타고 있던 '비명'이 뒤를 돌아보며 물었다.

"짧은 머리에 청바지 입고 분홍색 티 입은 분이요."

"빠진 사람은 없는데……. 저희들 여섯 명 다 맞아요."

"네? 분명히 일곱 분이셨어요! 올 때도 맨 뒷자리 창가에 앉아 계셨던 여자 분인데……."

"무슨 말씀하시는 거예요? 저희들 중에 여자는 '좀비소녀' 님하고, '호러퀸' 님 말고는 없어요. 게다가 올 때부터 뒷자리 창가 쪽은 비어 있었어요."

난 망치로 뒤통수를 맞은 것 같았다. 눈앞이 흐려지면서 정신이 어질어질했다. 그녀의 그 어색했던 말투가 드라이아이스처럼 달라붙어 내 머릿속을 지져댔다. 나는 어떻게 서울까지 돌아왔는지 기억이 없다. 운전을 하다가 몇 번이나 헛것이 보여 차를 멈추고는 했고, 결국에는 '비명'이 대신 운전했다. 나는 옆에서 정신을 잃었다.

그렇게 그해 여름이 지나갔다. 나는 여름의 끝물에 계속 앓왔다. 눈만 감으면 그녀의 얼굴이 떠올라 소름이 돋았고, 눈을 뜨면 헛것이 보여서 신물이 올라왔다. 고로, 심심할 새도 없었고, 하품을 할 틈도 없었다. 지금 와서 그때를 돌이켜보면 그다지 무서웠던 것 같지는 않다. 다만 생경하고 낯선 느낌, 차가운 음료수를 한 번에 들이켜고 난 뒤 머리가 아파오는 것 같은 느낌이 나를 사로잡았다. 한마디로 나는 충격을 받았고 가을이 되어서야 차츰 그 충격에서 벗어났다. 멍하니 옥상에 앉아 있으면 속 깊은 가을 햇살이 한기 가득한 몸을 데워주는 느낌이 들었다. 그 후 나는 복학했고, 이래저래 공부를 했다. 취직도 했다.

흔하디흔한 이야기처럼 그 사건 이후 내가 더 이상 심심하지 않는 전심전력의 삶, 열정 가득한 삶을 살았는가 하면 꼭 그렇지만은 않다. 당연히, 피를 마시는 종교는 믿지도 않았다. 그렇지만 인생의 어느 순간, 반드시 그래야만 하는 순간에는 흉가에서 고래고래 비명을 지르던 그 사람들처럼 목이 터져라, 몸이 부서져라 노력했다. 그런 일들 중에 하나, 지금의 아내에게 청혼하기 위해 서울에서 부산까지 한달음에 달려가 결혼 승낙을 얻고 다시 기차를 타고 집으로 돌아온 새벽, 나는 서랍 깊숙이 넣어 두었던 사진기를 꺼냈다. 강원도 흉가에서 단체사진을 찍고는 다시 쳐다보지 않았던 물건이었다.

나는 조심스럽게 전원 버튼을 눌렀다. 다행히 배터리가 조금 남아 있었다. 여러 장의 사진들이 있었고, 나는 거기서 강원도 흉가를 배경으로 촬영한 그 사진을 찾을 수 있었다. 역시, 그녀는 사진에 선명하게 찍혀 있었다.

그때는 미처 발견하지 못한 왼손 손목에 붉게 그인 칼자국과 그때보다 자라서 어깨까지 온 머리칼을 하고 말이다. 그리고 그녀의 얼굴을 뚫어져라 쳐다보는 동안, 나는 왜 그녀가 그토록 낯익었는지 알게 되었다. 다시 그 사진을 확인할 용기가 없었기에 내내 미뤄두고 있었을 뿐, 강원도 흉가에서 돌아온 바로 다음 날부터 어렴풋이 짐작은 했었는데, 다시 보니 역시 확실했다.

나는 사진기를 든 채로 책상 서랍을 뒤졌다. 얼마쯤 뒤졌을까, 서랍에서 낡은 흑백 사진 한 장을 찾아냈다. 끝이 동그랗게 말려 올라가고 여기저기가 하얗게 바랜 오래된 사진이었다. 사진에 찍힌 젊은 여인의 모습만은 선명했다. 여름 햇살 아래에서 브이를 그리며 환하게 웃고 있는 여인은 사진기 속의 그녀와 똑같은 모습이었다.

나는 사진기와 흑백 사진을 번갈아 바라보다가 흑백 사진을 살며시 뒤집었다. 거기에 적힌 글귀가 선명하게 반짝였다.

– 아들에게 남기는 단 한 장의 사진. 강원도에서 엄마가.

툭.

사진 위로 눈물 한 방울이 떨어졌다. 나도 모르게 내 눈에서는 눈물이 흐르고 있었다. 가슴 한쪽이 따뜻해졌고, 눈물은 걷잡을 수 없이 쏟아져 내렸다. 바로 그때 배터리 표시가 깜박이며 사진기가 스르르 꺼지고 말았다. 순간, 나는 똑똑히 들었다. 억양도 없고, 고저도 없지만 한없이 부드러운 엄마의 목소리를.

"행복해져라. 아들."

4

자살하는 캐릭터

게임 론칭을 하루 앞둔 어느 날 후배가 나를 찾아왔다. 며칠째 잠을 못 잔 후배의 얼굴은 말이 아니었다.

"야. 회사의 기대를 한몸에 받는 인기 게임 개발자 표정이 왜 그래?"

나는 커피 한 캔을 건넸다.

"어우. 선배. 카페인은 이제 더 못 마시겠어. 차라리 물 줘."

"야! 우리나라 게임은 원래 카페인발로 탄생하는 거야. 카페인이 힐링 포션이라니까!"

"됐고. 나 고민이 있어."

후배의 표정은 진지하다 못해 절박하기까지 했다.

"고민? 무슨 고민? 치명적인 버그라도 생겼어?"

후배의 심상치 않은 반응에 나까지 목소리가 낮아졌다.

"그 정도까진 아닌데 아무튼 좀 골치가 아파."

"내일이 론칭이잖아?"

"그래서 미치겠다는 거야! 내 이야기 들어줄 거야?"

"알았어. 들어줄게. 비밀도 꼭 지키고."

"고마워. 그럼 직접 한번 봐봐."

후배는 그렇게 말하며 자기 노트북을 켰다. 고딕풍의 웅장한 오프닝 영상과 그에 어울리는 음악이 흘러나온 뒤 플레이 화면으로 넘어간다.

여기까지는 내부 시사회 때도 수도 없이 봤다. 그 후 실제 블라인드 플레이 테스트 때도 좋은 점수를 얻었다. 후배의 작품이 상반기 최고 기대작이라 불리는 데는 그런 이유가 있었다.

하지만 지금 후배의 얼굴은 금방이라도 잘릴 사람처럼 보였다. 터무니없이 큰 실수를 저지른 게 틀림없었다. 나는 후배와 엮어서 총대를 멜 생각은 추호도 없었으므로 일단은 들어보기로만 했다.

"무슨 일인데 그래?"

"믿지 못하겠지만……."

후배는 노트북 화면에서 눈을 떼지 않은 채 마우스를 빠르게 움직이며 말했다.

"마을에 심어 놓은 NPC 중에 자살하려는 여자가 있어."

"뭐?"

어이가 없어서 말도 제대로 나오지 않았다.

NPC는 말 그대로 'Non-Player Character'를 의미한다.

플레이는 할 수 없고 플레이어들에게 미션을 주거나 정보를 주는 정도의 역할을 하는 것이다. 그래서 NPC들은 정해진 대사와 정해진 동작만 할 뿐이다.

"그게 말이 돼? 자세히 좀 설명해 봐."

"며칠 전에 알았어. 블라인드 테스트 하던 유저 하나가 가르쳐주는 거야."

"뭐라고?"

"어둠의 사원 맨 꼭대기 층에 앉아 있는 여자가 자기를 죽여달라 했다고."

"어둠의 사원?"

"스토리 라인을 절반쯤 따라가면 나오는 곳이야. 우리 회사 건물을 모티브로 해서 만든 곳이지."

"너도 참 악취미다. 그런 곳에 어둠의 사원이란 이름을 붙여?"

"아무도 모르더라고. 사장도 모르고 이사들도 모르고."

"하긴, 상상도 못 하겠지. 흐흐."

"하여간, 다시 이야기로 돌아가서 난 처음에 그 유저가 거짓말을 한다고 생각했어."

"이유는?"

"우리가 확인했을 땐 그런 NPC 자체가 없었거든."

"그게 언젠데?"

"2주일 전쯤."

"그럼 블라인드 테스트가 그 후니까 그사이에 누가 만들어 넣었을 수도 있겠네."

"그게 불가능하다는 거야. 그때 우리 개발진 모두 발리로 여행을 갔거든."

"어쭈? 인정받는 녀석들은 좋겠네. 게임 나오기도 전에 휴가도 보내주고."

나는 진심을 담아 말했다. 어딘가 불공평하다는 느낌이 들었다.

"게임 출시하면 정신없이 바빠질 테니 먼저 갔다 오라고 아빠가, 아니 사장님이 말씀하셨어. 그래서……."

"자, 그러면 정리를 해보자고. 너희 팀이 단체 포상 휴가를 떠난 사이에 누군가가 게임에 이상한 NPC를 집어넣었어. 그걸 테스트 유저가 찾아낸 거고. 그럼 일단은 해결이 된 거잖아. 그걸 찾았으니 없애버리면 되지."

"그런데 그게 그렇게 쉽지가 않아."

"무슨 소리야?"

"봐봐. 그 NPC는 우리 캐릭터 목록에 잡히지가 않거든."

후배가 노트북에 열어둔 것은 관리자 계정으로 접속한 마스터 페이지였다. 이곳에서 모든 캐릭터를 관리할 수 있었다. 하지만 어둠의 사원 맨 꼭대기 층에는 아무것도 없었다.

"없는데? 너희들이 성공한 거 아냐?"

"그랬으면 얼마나 좋았게. 우린 한 게 아무것도 없어. 그냥 여기선 안 보일 뿐이야. 그런데 플레이를 하면 그 여자를 꼭 만나게 돼."

나도 모르게 마른침을 삼켰다. 팔뚝에 소름이 돋은 건 에어컨을 지나치게 틀어놓았기 때문이리라.

"자, 지금부터 플레이한다."

후배는 확실히 게임의 개발자답게 어려운 미션을 잘 해결하며 쭉쭉 전진했다.

후배의 캐릭터인 전사는 어느새 어둠의 사원에 도착했다. 그곳에는 망령 좀비로 변한 회사원들이 진을 치고 있었다. 전사는 사정없이 검을 휘둘러 좀비들을 무찌르고 어둠의 사원으로 들어갔다. 확실히 액션에 박진감이 넘치고 이야기가 단순한 듯하면서도 몰입감이 있었다.

"나왔다."

후배가 새된 소리를 질렀다.

"어디? 어디?"

"저기 있잖아. 저 꼭대기에."

나는 맨 꼭대기 층을 바라봤다. 희미한 형체의 무언가가 서 있었다. 얼핏 보면 그래픽이 찌그러진 걸로 여길 수 있을 것 같았다.

하지만 어둠의 사원을 통과하려면 반드시 그곳을 지나야 한다. 후배는 밀려오는 적을 전부 죽인 뒤 꼭대기를 오르기 시작했다.

"봐요. 그래픽도 엉망이죠?"

"응. 혼자 2D 같은데?"

"어디서 이런 버그가 끼어들었는지 원."

후배의 목소리에선 진정으로 원망이 묻어났다.

가까이 다가갈수록 여자라는 게 확실히 보였다. 길고 긴 흑발을 늘어뜨린 채 하얀색 원피스를 입고 꼭대기 층을 서성이는 캐릭터였다. 맨발이었고, 다른 옷이나 생김새 모두 출시를 앞둔 게임과는 이질감이 있었다.

너무 현대적이라고나 할까?

나는 후배가 캐릭터에게 다가가는 모습을 흥미롭게 지켜봤다.

"전사님은 어디로 가시나요?"

그 캐릭터는 어쨌든 NPC의 역할을 수행하긴 했다.

"어둠의 사원 너머 광명의 산맥으로."

후배는 몇 가지 정해진 대답 중 하나를 골랐다. 보통이라면 여기서 퀘스트를 주는 것이다. 도둑이 훔쳐 간 물건을 찾아달라거나, 복수를 해달라거나.

여자 캐릭터는 뜻밖의 말을 했다.

"저를 죽여 주시면 광명의 산맥으로 갈 수 있습니다."

표정 변화 하나 없이, 어색한 그래픽 그대로 입만 달싹거리며 말하는 여자의 모습은 아주 소름 끼쳤다.

"이것 봐. 이렇다니까!"

후배가 곤란하다는 표정으로 나를 돌아봤다.

나는 어깨를 으쓱했다.

"한번 죽여 봐."

후배는 망설이고 있었다.

"왜 그래? 평소 너답지 않게!"

후배 녀석은 무엇이든 밀어붙이는 데 선수였다. 쥐어짜고, 밀어붙이고, 닦달을 하면 반드시 이뤄낸다고 믿는 부류의 인간. 개인적으로는 가까이하고 싶지 않은 놈이었다.

피도 눈물도 없는 그놈이 고작 게임 캐릭터 하나 죽이는 걸로 망설인다니 우습기도 하고 통쾌하기도 했다.

나는 후배의 어깨를 쳤다.

"비켜 봐. 내가 할게. 이게 뭐가 어렵다고."

후배는 순순히 자리를 비켜줬다. 내 취향은 궁수 쪽에 가까웠지만 전사로 플레이하는 이상 맞춰줄 필요가 있었다.

나는 캐릭터를 향해 다시 다가갔다.

"저를 죽여주시면 광명의 산맥으로 갈 수 있습니다."

똑같은 표정, 똑같은 자세, 똑같은 목소리로 여자가 말했다.

"그렇단 말이지."

나는 잠시 궁리한 후 장검으로 여자의 배를 찔렀다. 캐릭터를 찌른 건데도 이상하리만치 생생한 타격감이 느껴졌다.

"우욱."

여자는 허리를 숙인 채 괴로워했다. 하지만 죽지는 않았다. 만약 과다출혈이라는 옵션이 있다면 내내 기다리면 되는데 불행하게도 그런 건 없는 듯 보였다.

여자가 다시 상체를 들고 나를 바라봤기 때문이다.

"죽여주세요."

섬뜩했다.

그리고 기분이 나빴다. 나는 망설이지 않고 여자를 밀어버렸다. 엄청난 자유도를 자랑하는 이 게임에서는 높은 곳에서 떨어지면 그대로 사망이다.

여자는 사원 계단을 몇 번이나 구르더니 바닥까지 떨어졌다.

"됐다! 이제 끝인 것 같은데?"

후배를 올려다보며 말했다.

그러나 녀석은 고개를 가로저으며 모니터를 가리켰다.

그 캐릭터가, 여자가 관절이 모두 부러진 몸으로 삐걱삐걱 소리를 내며 계단을 기어오르고 있었다.

그 모습을 보는 순간 나는 처음으로 섬뜩함이 아닌 공포를 느꼈다.

"저게 뭐야? 가능한 거야?"

"당연히 불가능하지! 그랬으면 개발 단계에서 잡았겠지."

"그럼 저 여자는 도대체 어떻게 죽여?"

"나도 몰라!"

"죽여주세요."

여자는 어느새 바로 앞까지 다가왔다.

이제 전사인 내가 할 수 있는 일이란 하나밖에 없었다. 나는 비틀거리는 여자를 겨냥한 채 힘껏 칼을 휘둘렀다.

뎅경!

여자의 목이 달아났다. 목이 사라진 몸통은 무슨 일이 일어난 건지 미처 알지 못한 듯 몇 발을 더 움직이다가 풀썩 쓰러졌다.

"으악!"

그 모습이 너무 끔찍해서 나는 비명을 지르며 의자에서 일어났다.

사원 꼭대기에는 여자의 목이 나뒹굴고 있었다. 눈을 똑바로 뜬 채 어딘가를, 아니 나를 노려보고 있는 모습이었다.

퀘스트를 해결하셨습니다!

상황에 어울리지 않는 밝은 목소리와 함께 화면이 점점 밝아졌다.

"이제 광명의 산맥으로 가는 거야. 게임은 여기서 그만."

후배는 대신 자리에 앉아 플레이를 중지했다.

"야! 뭐야? 너 사실대로 말해봐."

"뭘?"

"뭘? 저걸 보고도 뭘? 이상하잖아! 설명이 안 되는 일이잖아!"

"그래서 선배를 불러서 조언을 구하는 거잖아."

후배가 말했다.

"이 자식아. 조언을 구하려면 너희 쪽 패를 다 까야 될 거 아냐!"

후배는 고개를 숙인 채 한동안 말없이 앉아 있었다. 이윽고 결심을 굳혔다는 듯 나를 불렀다.

"선배."

"왜?"

"지금 내가 하는 이야긴 절대 비밀이야. 알겠지?"

나는 고개를 끄덕였다.

"하아."

후배는 한숨을 내뱉곤 이야기를 시작했다.

우리 개발팀에 은정이라는 막내가 있었어. 싹싹하고 일 열심히 하고 다 좋았는데…… 일머리가 좀 없었어. 하나를 시키면 두세 개를 하는 애가 있는가 하면 그 하나도 제대로 못하는 애도 있잖아.

은정이는 후자 쪽이었어.

처음에는 별일 없이 넘어갔어. 워낙에 착하고 사람들한테 잘하니까 너도 나도 은정이를 도왔지. 근데 선배도 알겠지만 말이야, 출시가 가까워지면 다들 신경이 날카롭게 변하잖아. 은정이는 그럴 때도 실수를 하더라고.

제일 큰 실수가 뭔 줄 알아?

어둠의 사원 쪽을 통으로 날려버릴 뻔했단 거야. 우리 회사 건물을 토대로 렌더링해 놓은 게 있는데 그걸 삭제했던 거지.

그걸로 완전히 뒤집혔어. 나는 물론이고 사람 좋은 다른 팀원들도 대놓고 욕을 했지. 그거 하나 때문에 또 며칠 밤을 새워야 하니까.

은정이는 어쩔 줄 몰라서 울기만 하는데 그때는 그 모습마저 왜 그리 짜증 나던지. 쯧. 결국 은정이에게 폭언을 퍼부어 댔지.

죽어라.

왜 사냐?

나 같으면 자살했겠다.

아직도 살아 있냐?

뭐 이런 말들 있잖아. 분명 해서는 안 되는 말들이었는데, 그때는 그렇게라도 하지 않으면 다들 스트레스가 쌓여서 살 수가 없을 지경이었거든.

그렇게 억지로 꾸역꾸역 출시일을 맞추고 우린 여행을 떠났어, 선배가 알다시피. 그런데 거기에 은정이를 데리고 가지 않았지. 그리고 나서 돌아와 보니 은정이가 진짜로 자살을 했다는 거야.

"잠깐!"

나는 후배의 말을 막았다.

후배는 우는지 웃는지 모를 듯한 야릇한 표정으로 나와 모니터를 번갈아 바라봤다.

"너 지금 이 게임 속에 나타나는 정체불명의 NPC가 은정이라는 그 자살한 개발자라는 거야?"

"생긴 것도 똑같아. 말투도 그렇고."

"그러면 뭐야? 이, 이게······."

"귀신 들린 게임이지. 크크."

"야! 그게 말이 돼?"

"선배도 해봐서 알잖아. 보통 상대가 아니란 거."

"그건 그렇지만."

"우리도 연구를 많이 했어. 용한 무당도 많이 찾아가봤고."

"무당?"

"무당이 그러더라. 망자의 소원을 들어줘야 극락왕생한다고."

"그래서 이 캐릭터를 죽일 거야? 하지만 몇 번이나?"

"우리 팀원들이 다 죽이고 나면 괜찮아지지 않을까 싶어."

"근데 난 왜 끌어들인 거야?"

"지켜보고 싶었거든. 은정이가 실제로 죽는지 어떤지."

"나쁜 새끼."

나는 후배를 한번 노려본 후 그 자리를 떴다. 도무지 믿을 수도 없고 믿고 싶지도 않은 이야기였다.

저 게임은 정상적으로 출시할 수 없다. 미친 인간들이 만든 게임을 출시했다가는 무슨 사고가 터질지 모른다. 하지만 내 생각과는 다르게 게임은 출시됐고, 엄청난 히트를 쳤다.

자신을 죽여달라는 NPC에 대한 이야기가 없는 걸로 봐서 후배의 개발팀이 해결한 모양이었다.

그런데 한 달쯤 전부터 묘한 소문이 돌기 시작했다.

대박을 낸 후배의 개발팀 멤버들이 하나둘 자살을 하거나 사고를 당한다는 거였다.

가스가 폭발해 불에 탄 사람, 날카로운 칼로 손목을 잘라 죽

은 사람, 공사장 밑을 지나다가 철근이 떨어져 깔려 죽은 사람
까지…….

나는 후배를 찾아갔다.

후배는 입원을 한 상태였다.

"어떻게 된 거야?"

내가 그렇게 묻자 후배는 간신히 웃으며 대답했다.

"다 끝난 줄 알았는데 은정이가 찾아왔어. 그러고는 자기를
죽인 방식대로 우릴 죽이고 있어."

"너, 넌 어떻게 죽였는데?"

"익사."

"익사?"

"크크크. 하지만 이렇게 병원에 입원해 있으면 절대 익사할
수가 없지. 난 여기서 버틸 거야, 선배!"

후배의 바람과는 달리 녀석은 다음 날 익사체로 발견되었
다. 깨진 링거 병에 얼굴을 처박은 채로 죽은 것이다.

저주받은 게임에 대한 소문은 회사를 넘어 인터넷에도 퍼지
기 시작했다. 아이러니하게도 그 소문이 퍼지자마자 접속자와
플레이어 숫자가 두 배 이상 늘었다.

나는 죽은 후배를 대신해서 그 팀을 이끌게 되었다. 팀원이
라 해봐야 남은 사람은 아무도 없었지만.

나는 새로 팀원을 꾸리고 게임 속의 버그를 잡는 등 바쁜 나

날을 보냈다. 그러던 어느 날 문득 거울 속 내 모습을 바라보는데 목에 빨간색 금이 가 있었다.

거기서 피가 새어 나왔다.

5

한밤의 엘리베이터

여자는 아까부터 계속 발소리가 신경 쓰였다.

또각.

뚜벅.

또각.

뚜벅.

자신의 하이힐 소리 뒤로 남자의 묵직한 구둣발 소리가 규칙적으로 들렸다. 아파트 입구로 이어지는 조용한 골목길이었다.

또각.

여자가 한 걸음을 내디딜 때마다,

뚜벅.

남자가 정확하게 한 걸음을 따라왔다.

여자는 멈춰 섰다. 천천히 뒤를 돌아봤다. 아무도 보이지 않았다. 희미한 가로등 불빛만이 길을 비출 뿐이었다.

여자는 한동안 어둠을 노려봤다. 가로등 불빛의 바깥쪽 어딘가에서 낯선 남자가 지켜보고 있을 것만 같았다.

여자는 뒤돌아서서 다시 걷기 시작했다. 자기도 모르게 걸음이 빨라졌다.

또각. 또각.

뚜벅. 뚜벅.

또각. 또각.

뚜벅. 뚜벅.

발소리가 자꾸만 따라왔다. 이제는 아파트 입구였다. 여자는 걸음을 멈추고 재빨리 뒤를 돌아봤다. 발소리는 뚝 멈췄지만 여전히 아무도 없었다.

여자는 주위를 둘러봤다. 거리를 지나다니는 사람들은 여자에게 관심이 없었다.

여자는 서서히 뒷걸음질 쳤다. 그 순간 옆쪽에서 양복 차림의 남자 한 명이 불쑥 튀어나왔다.

여자는 비명을 지를 뻔했다. 남자는 여자를 지나쳐 아파트 단지 안으로 들어갔다.

"휴."

여자는 안도의 한숨을 내쉬었다. 자신이 큰 오해를 했다고 생각하니 웃음이 나오기도 했다. 여자는 마음을 가다듬은 다음 다시 발걸음을 옮겼다.

아파트 안으로 들어가서 자신의 동을 향해 걸었다. 누군가가 따라오는 기척은 없었다. 여자는 안심하고 자신의 동으로 들어가 엘리베이터를 눌렀다.

맨 꼭대기 층에 서 있던 엘리베이터가 천천히 내려왔다. 여자는 엘리베이터 표시화면의 층수가 바뀌는 걸 가만히 바라보고 있었다.

그때 인기척이 들렸다. 여자는 옆을 돌아봤다. 오토바이 헬멧을 쓴 사람이 서 있었다. 한 손에는 철가방을 들었다. 헬멧을 쓴 탓에 얼굴은 가려졌지만 아무리 봐도 평범한 배달원이었다.

여자는 다시 한번 안심하며 마침 도착한 엘리베이터에 올랐다.

또각.

뚜벅.

어김없이 그 소리가 따라왔다. 여자가 배달원의 발을 힐끔 바라봤다. 배달원은 묵직해 보이는 가죽 부츠를 신고 있었다.

여자는 애써 시선을 돌리며 12층을 눌렀다. 배달원이 기다렸다는 듯 13층을 눌렀다. 엘리베이터 문이 스르르 닫혔다.

그때였다.

"잠깐만요."

굵은 목소리가 들렸다. 여자는 반사적으로 '열림' 버튼을 눌렀다. 닫히려던 문이 열리며 양복을 차려입은 남자가 들어왔다.

"감사합니다."

남자가 말했다. 여자는 살짝 고개를 숙이며 한 발 물러섰다. 남자는 층수를 누르지 않은 채 가만히 서 있었다.

문이 닫히고 엘리베이터가 천천히 올라가기 시작했다. 낡은 엘리베이터는 끼익 끼익 힘겨운 소리를 내며 올라갔다.

전등이 깜박거렸다. 답답한 침묵이 흘렀다. 앞쪽에 서 있던 남자가 흘끗 여자를 돌아봤다. 순간 여자와 남자의 눈이 마주쳤다. 불편해진 여자가 헛기침을 했을 때였다.

덜컹!

커다란 소리와 함께 엘리베이터가 멈췄다. 깜박이던 전등이 픽, 소리를 내며 꺼졌다.

"꺅!"

여자가 비명을 질렀다. 아무것도 보이지 않았다. 지독한 어둠이 멈춰 서버린 엘리베이터 안을 맴돌았다.

"아. 또 멈췄어?"

배달원이 툴툴거렸다.

"엘리베이터가 자주 멈추는가 보군요."

남자의 굵은 목소리가 들렸다.

"자주 멈춰요. 벌써 몇 번째 갇힌 건지. 짜장면 다 불겠네. 쯧."

두 사람의 대화를 듣고 있던 여자는 간신히 호흡을 가다듬었다.

"제, 제가 신고할게요."

여자가 더듬거리며 말했다. 여자는 핸드폰을 꺼냈다.

"여기엔 관리실 번호가 지워져 있는데."

남자가 자기 핸드폰 불빛으로 엘리베이터 안을 살피며 말했다.

"정말이요? 그럼 119에 신고해야겠어요."

여자가 말했다.

"여기 핸드폰 안 터질 텐데."

배달원의 말 그대로였다. 핸드폰은 먹통이었다.

"아……."

"비상 호출 버튼 눌러봐요."

실망한 여자에게 배달원이 말했다.

"이미 눌러봤는데 답이 없네요."

남자가 말했다.

"언제 눌러 보셨는데요?"

여자가 물었다.

"아까 관리실 번호 살펴볼 때."

"그러면 기다리는 수밖에 없어요."

배달원이 말했다.

"바쁜 일이 있는데 귀찮게 됐군."

남자가 혼잣말처럼 중얼거렸다.

"저보다 더 바쁘겠어요?"

배달원이 자신의 철가방을 퉁퉁 두드리며 말했다. 남자는 못마땅한 시선으로 배달원을 한 번 바라본 후 자기 핸드폰을 주머니에 넣었다.

여자는 여전히 핸드폰을 들고 빛을 비추고 있었다. 핸드폰 불빛으로는 엘리베이터 안을 구석구석 다 비출 수 없었다. 게다가 하필이면 양복 남자와 배달원 모두 불빛 바깥에 서 있었다. 두 사람이 자신을 쳐다보고 있을지도 모른다고 생각하니 왠지 꺼림칙했다.

여자는 자기도 핸드폰을 넣을까 하다가 그만뒀다. 아무것도 보이지 않는 완벽한 어둠 속에서 무작정 기다리고 싶지는 않았다.

"저…… 문이라도 두드려 보죠. 소리도 질러 보고."

잠시 후 여자가 조심스레 말했다.

"그래서 해결될 거였으면 아까부터 해봤을 겁니다."

"맞아요. 괜히 경찰이나 119 불렀다간 시끄러워지니까 조용히 있어요."

남자와 배달원은 대번에 반대하고 나섰다. 여자는 두 사람을 이해할 수 없었다. 남자와 배달원은 엘리베이터에서 나가는 것보다 가능한 한 조용하게 해결되는 쪽을 원하는 것 같았다.

경찰이나 119의 개입 없이.

여자는 점점 불안해졌다. 두 사람의 의중을 알 수가 없었다.

만약 무슨 일이 벌어진다면 둘 중 누구를 믿어야 할까?

여자는 남자가 서 있는 쪽과 배달원이 서 있는 쪽을 번갈아 바라봤다.

둘 다 믿을 수 없었다. 여자는 핸드폰을 꼭 쥐고 벽에 기대 섰다.

그 순간 엘리베이터가 덜컹하고 움직였다. 다시 불이 들어왔다. 엘리베이터는 천천히 올라가기 시작했다.

5층을 막 지나고 있었다.

"됐다!"

여자는 자기도 모르게 중얼거렸다.

"봐요. 금방 다시 움직일 거라 했죠?"

배달원이 말했다. 여자는 재빨리 7층을 눌렀다. 엘리베이터가 다시 멈출까 봐 불안하기도 했고 남자와 배달원 때문에 찜찜하기도 했다. 힘들더라도 걸어 올라가는 쪽이 나을 것 같았다.

엘리베이터는 7층에 멈췄다. 문이 열리자마자 여자가 내렸다. 여자는 뒤를 돌아봤다. 남자가 여자를 노려보며 서 있었다.

그것도 잠시, 문이 닫히며 엘리베이터는 다시 올라가기 시작했다.

"휴."

여자는 한숨을 내쉰 후 계단을 걸어 올라갔다. 7층을 지나고 8층으로 접어들었다. 다리가 아팠지만 마음은 편했다.

한밤의 아파트 계단은 어둡고 적막했다. 여자가 계단을 밟는 소리만이 나지막이 울려 퍼졌다.

또각.

또각.

또각.

여자는 난간을 잡고 힘겹게 한 계단씩 올라갔다. 8층을 지나고 9층도 절반 정도 올라갔을 때였다.

뚜벅.

몇 층 위쪽에서 발소리가 들렸다. 여자는 흠칫 놀라 멈춰 섰다. 그 상태로 가만히 귀를 기울였다.

뚜벅.

뚜벅.

누군가가 조심스레 아래층으로 내려오고 있었다. 층계참에 서 있던 여자는 옴짝달싹하지 못하고 얼어붙었다.

퍼뜩 핸드폰이 떠올랐다. 여자는 덜덜 떨면서 핸드폰을 꺼내 들었다.

뚜벅.

뚜벅.

발소리는 점점 가까워졌다. 여자는 다시 아래로 내려가면서 112에 전화를 걸었다.

띠리링.

띠리링.

"네. 112입니다. 무엇을 도와 드릴까요?"

"저 지금 ○○동에 있는 ○○아파트인데요."

여자는 일부러 큰 소리로 통화를 했다.

"네. 무슨 일이신가요?"

"아까부터 누가 계속 따라오고 있어요. 빨리 좀 와주세요!"

"외부이신가요, 내부이신가요?"

"○○아파트 ○동 안이에요."

"알겠습니다. 지금 바로 신고지로 순찰차를 보내겠습니다."

"네. 제발 빨리 와주세요!"

여자는 전화를 끊었다. 발소리는 들리지 않았다. 여자는 이제 7층과 6층 사이에 서 있었다.

이대로 가만히 있을 수는 없었다. 아래로 내려가거나 위로 올라가야 했다. 여자는 머리를 굴렸다.

누군가가 더 이상 따라오는 것 같지는 않았다.

지금 엘리베이터를 타고 12층으로 향한다면…….

계단을 걸어 내려가 1층까지 가는 것보다 그편이 훨씬 나을 것 같았다. 여자는 계단을 빠져나와 엘리베이터로 향했다.

13층에 멈춰 서 있던 엘리베이터가 내려왔다. 여자는 온 신경을 계단에 집중했다. 묵직하고 기분 나쁜 그 구둣발 소리는 더 이상 들리지 않았다.

도망간 걸까?

아니면 계단에 그대로 멈춰 서 있는 걸까?

엘리베이터가 10층을 지났다.

순간 여자의 머릿속으로 '고장'이라는 단어가 떠올랐다.

만약 엘리베이터가 또 고장 나면 어쩌지?

엘리베이터를 탈까?

아니면 계단으로 1층까지 내려갈까?

여자가 갈등하는 사이 엘리베이터가 도착했다.

땡!

차가운 소리와 함께 문이 열렸다. 여자의 눈이 커졌다. 엘리베이터 안에 배달원이 쓰러져 있었다.

"뭐, 뭐야?"

여자의 입에서 헛바람이 새어 나왔다. 여자는 주춤주춤 뒷걸음질 쳤다.

그때였다.

다다다다!

누군가가 계단을 마구 뛰어 내려왔다. 여자는 고개를 돌렸다. 8층으로 이어지는 계단 위쪽에서 달려 내려오는 구두가 보였다.

여자는 엘리베이터로 뛰어들어 '닫힘' 버튼을 재빨리 눌렀다.

"살려주세요!"

여자가 소리를 질렀지만 아무런 대답도 돌아오지 않았다. 엘리베이터 문이 천천히 닫혔다.

다다다다!

양복 입은 남자가 계단을 달려 내려와 엘리베이터로 돌진했다. 눈을 크게 뜨고 입을 쩍 벌린 무시무시한 표정이었다.

"으악!"

여자가 비명을 질렀다.

쿵!

남자가 달려든 것과 엘리베이터 문이 닫힌 것은 거의 동시였다. 하지만 문 쪽이 조금 빨랐다.

여자는 다시 12층을 눌렀다. 엘리베이터가 올라가며 서서히 남자와 멀어졌다. 남자가 얼굴을 잔뜩 찡그린 채 외쳐댔다.

"안 돼! 안 돼!"

남자의 굵은 목소리가 엘리베이터 안까지 들렸다.

안 돼?

뭐가 안 된다는 거지?

여자가 고개를 갸우뚱한 순간, 쓰러져 있던 배달원이 천천히 일어났다.

"아!"

여자가 미처 비명을 지르기 전에 배달원이 달려들어 입을
막았다.

"안 돼. 그 배달원…… 그 배달원이 아까부터 당신 뒤를 따
라가고 있었단 말이야."

7층에 선 남자가 위로 올라가는 엘리베이터를 허망하게 바
라보며 중얼거렸다.

6

인형 뽑기

세호는 술에 취해 비틀거리며 걷고 있었다. 오늘도 회식이었다. 재수 없는 이 팀장은 오늘 회식 때도 이런저런 잔소리를 늘어놓았다. 잔소리뿐이라면 이해하겠지만 그게 곧 자신의 잘난 척으로 이어지니 정말 미칠 노릇이었다.

"내가 대리 시절에는 말이야, 거절하고 이런 건 상상도 못할 일이었어. 알아? 그때 외국에서 손님이 왔는데…… 일요일이었거든? 그 손님 접대를 내가 했단 말이야. 일요일에 쉬지도 않고. 그래서 어찌나 칭찬을 받았던지……."

대개 이런 이야기가 회식 시작부터 끝까지 계속 이어진다. 오늘은 하필이면 세호가 이 팀장의 옆자리에 앉았다.

"야! 넌 똑바로 잘하는 게 도대체 뭐야? 응?"

세호는 이 팀장의 주정을 고스란히 받아 내야 했다.

"에이. 재수 없어. 퉤!"

세호는 길거리에 침을 뱉었다.

인적이 드문 늦은 밤이었다. 지하철 막차를 타고 내린 뒤 집까지 걷고 있는 세호였다. 빨리 집으로 돌아가 옷을 벗어 던지고 침대에 눕고 싶었다. 아무도 반겨주는 이는 없겠지만 그래도 집이 제일 편했다. 반겨주는 이가 없다는 생각을 하자 갑자기 마음이 허해졌다.

'쩝. 야식이라도 사 갈까?'

세호는 잠시 망설였다.

허한 마음을 먹을거리로 달래다가는 금방 살이 찔 것이다. 그때 세호의 눈에 인형 뽑기 기계가 들어왔다. 어제까지만 해도 분명 없었는데 하루 사이에 떡하니 들어섰다. 그것도 사람들이 잘 다니지 않는 골목 한쪽 구석에.

어두컴컴한 골목에서 인형 뽑기 기계만이 빛을 발하고 있었다. 그 모습이 세호의 시선을 확 끌었다.

'인형이나 한번 뽑아볼까?'

연애할 때만 해도 곧잘 인형을 뽑았다. 그 당시 여자 친구도 인형 뽑기를 좋아했다. 그렇게 뽑았던 인형들은 대부분 전 여자 친구에게 가고 남아 있는 것들도 쓰레기통으로 향했다.

세호는 인형 뽑기 기계 앞에 섰다.

"오랜만에 실력 발휘 좀 해볼까."

세호는 주머니에서 천 원짜리 한 장을 꺼냈다.

"어? 이 인형들은 뭐야?"

기계 안에는 상당히 특이한 인형들이 들어 있었다. 팔다리가 다 달린 봉제 인형인데 눈, 코, 입이 없었다. 어딘지 모르게 기분 나쁘게 생긴 인형들이었다.

세호는 기계를 이리저리 둘러보다가 아래쪽에 붙은 안내문을 발견했다.

– 마음대로 인형을 뽑아보세요.

마음대로 인형에 당신이 직접 눈, 코, 입을 그려 넣고 이름을 붙이면 마음대로 조종할 수 있습니다.

당신이 사랑하는 사람, 당신이 미워하는 사람 누구라도 가능합니다.

"이게 뭐야? 마음대로 인형?"

분명 처음 보는 인형이었다. 허무맹랑한 이야기지만 인형을 마음대로 조종할 수 있다는 말에 호기심이 일기도 했다. 아마 적잖이 술을 마셔서 그런 생각이 들었으리라.

"좋아. 한번 뽑아보지 뭐."

세호는 기계에 지폐를 넣고 시작 버튼을 눌렀다.

경쾌한 음악이 흘러나왔다. 레버를 조심스레 움직인 후 힘차게 버튼을 눌렀다. 집게발이 내려오며 인형의 머리 부분을 잡았다.

"그래!"

집게발이 인형을 끌어 올리려는 순간 탁, 하고 미끄러지고 말았다.

"어우! 아깝네. 좋아. 한 번 더 기회가 있으니까."

두 번째는 더 신중하게 레버를 움직였다. 인형 하나가 몸통을 비죽 내밀고 있었다. 거기까지 레버를 이동한 세호는 다시 버튼을 눌렀다.

지이잉.

천천히 집게발이 내려갔다. 집게발이 확 벌어지더니 세호가 노리던 인형의 허리 부분을 꽉 움켜쥐었다.

"그렇지!"

집게발은 인형을 잡고 다시 올라왔다. 이번에는 흔들리지도 않았고 미끄러지지도 않았다. 세호는 뚫어져라 인형을 바라봤다. 천천히 이동하던 집게발이 구멍 안으로 인형을 떨어뜨렸다.

"됐다!"

세호는 자기도 모르게 주먹을 불끈 쥐었다. 이런 게 바로 인형 뽑기의 쾌감이었다.

세호는 인형을 꺼내 들었다. 가까이서 보니 더 흉측하게 생긴 인형이었다. 팔다리는 축 늘어졌고 밋밋한 얼굴은 이상할 정도로 번들거렸다.

"으으. 너 진짜 밥맛이다. 머리카락 없는 게 딱 이 팀장 닮았네. 흐흐."

세호는 실없이 웃으며 인형을 들고 집으로 향했다.

집에 도착한 세호는 인형을 침대 위에 던져 놓고 옷부터 벗었다. 얼큰하게 취기가 올라왔다.

"젠장. 내일 출근만 안 하면 참 좋을 텐데. 아니, 이 팀장 그 자식만 없어도 정말 좋을 텐데."

세호는 그렇게 중얼거리며 셔츠를 침대에다 휙 던졌다.

셔츠가 인형 위에 내려앉았다. 마치 인형이 셔츠를 입고 있는 것 같았다. 그 모습을 본 세호는 사인펜을 꺼내 들었다.

"눈, 코, 입을 내가 직접 그려 넣는다고 했지? 그렇다면······ 흐흐."

세호는 인형의 얼굴에다가 사인펜을 가져다 댔다.

먼저 눈썹을 진하게 그린 뒤 그 아래로 쭉 찢어진 눈을 그려 넣었다. 코는 매부리코에 입술은 심술이 난 것처럼 입꼬리가 밑으로 처지게 그렸다.

"뭐야? 이 팀장하고 똑같이 생겼네. 크크."

인형 뽑기 **123**

보면 볼수록 닮았다. 세호는 자기 재주에 감탄하며 인형을 바라봤다. 안내문에 적혀 있던 문구가 퍼뜩 떠올랐다.

"이름을 붙이면 내 마음대로 할 수 있다고 했지? 어차피 그런 일이야 없겠지만 넌 지금부터 이 팀장이다. 알겠어?"

세호는 인형에게 이름을 붙여 주었다.

그 순간 인형이 자기 혼자 꿈틀거렸다.

"으악!"

깜짝 놀란 세호가 인형을 떨어뜨렸다.

"뭐야? 기분 나쁘게. 누가 이 팀장 아니랄까 봐."

세호는 손가락으로 인형의 팔을 잡고 들어 올렸다. 갑자기 불끈 화가 치밀었다. 회식 자리에서 이 팀장이 했던 말들이 떠올랐다.

"야! 난 너처럼 무능력한 새끼는 처음 본다."

"내가 너 불쌍해서 안 자르고 있는 거야!"

"앞으로 잘해. 알겠어? 내일부터 지켜볼 거야!"

세호는 인형의 팔을 꽉 잡았다.

"지켜보긴 개뿔!"

온 힘을 다해서 인형을 팽개쳤다.

찌익!

기분 나쁜 소리가 들리며 인형의 팔이 뜯어졌다. 세호의 눈에는 인형이 몸을 부르르 떤 것처럼 보였다. 뜯어진 팔 부위에서 솜이 흉측하게 튀어나왔다.

"에이. 기분만 상했네."

세호는 바닥에 널브러진 인형을 발로 아무렇게나 치워버린 후 침대에 벌렁 누웠다.

금세 잠이 몰려왔다. 씻어야 한다는 생각을 했지만 몸이 물 먹은 솜처럼 무거워 일어날 수가 없었다.

세호는 그대로 잠에 빠져들었다. 늦잠을 잔 세호는 정신없이 준비를 해서 회사로 달려갔다. 급히 서둘렀는데도 10분이나 지각을 해버렸다.

'아이. 이 팀장이 또 뭐라고 하겠네.'

아침부터 그 잔소리를 들을 생각을 하니 사무실 안으로 들어가기가 싫어졌다. 세호는 눈치를 살피며 조용히 들어갔다. 그런데 이 팀장의 자리가 비어 있었다.

'화장실이라도 갔나? 잘됐지, 뭐.'

세호가 자기 자리에 막 앉으려고 할 때였다.

"세호 씨. 이 팀장 이야기 들었어?"

맞은편 자리의 김 대리가 속삭이듯 물었다.

"뭐? 무슨 이야기?"

"이 팀장 어젯밤에 병원에 실려 갔대."

"갑자기 왜? 술병 났어?"

"그게 아니라 어제 술 먹고 집에 들어가다가 계단에서 굴러서 팔이 부러졌다는 거야. 복합 골절이라나 뭐라나. 아무튼 큰 수술을 해야 된대. 당분간 회사 못 나오는 건 두말할 것도 없고."

"팔이 부러져?"

"그렇다니까. 뼈가 살을 찢고 나왔다나 봐. 어휴. 끔찍해."

세호는 마른침을 삼켰다.

'설마…… 그 인형 때문은 아니겠지?'

"하여간 이 팀장이야 안됐지만 우리 입장에선 편하게 된 거지. 흐흐. 안 그래?"

"으, 으응."

세호는 애매하게 고개를 끄덕였다. 이 팀장이 사라지는 건 분명 바라던 일이었다.

게다가…… 어젯밤에 이 팀장이라는 이름을 붙인 인형의 팔을 뜯어 놓은 것도 자신이었다.

세호가 이 팀장을 생각하며 잠시 한눈을 팔고 있을 때였다.

박 차장이 사무실로 들어오더니 세호를 향해 냅다 서류를 집어던졌다.

"야! 너 일 처리를 어떻게 하는 거야? 서류 만든 꼬락서니가 이게 뭐야? 응?"

"죄, 죄송합니다!"

세호는 화들짝 놀라서 벌떡 일어났다. 박 차장은 그런 세호의 얼굴에 남은 서류를 집어던졌다.

"오늘까지 이거 다 수정해놔. 알았어?"

박 차장은 그렇게 쏘아붙인 뒤에도 화가 가라앉지 않았는지 욕을 한 바가지나 퍼부은 후 사무실을 나갔다.

세호는 어금니를 꽉 깨물었다. 서류는 자기 이름으로 올렸지만 실제로 작성한 사람은 최 사원이었다. 최 사원은 이번에 들어온 막내로 늘 사고를 치고 다녔다.

세호는 최 사원을 따로 불러냈다.

"똑바로 못 해요? 내가 박 차장 같은 놈한테 이렇게 당하는 게 좋아요? 일부러 엿 먹이려고 그러는 거예요?"

세호는 최 사원을 향해 소리를 질렀다.

"죄송합니다. 제가 다시 수정하겠습니다."

"오늘 퇴근 전까지 다 수정해서 나한테 가져와요. 알았어요?"

"네. 네."

최 사원은 연신 허리를 숙였다.

"에이. 재수 없어. 박 차장 개 같은 놈. 퉤!"

세호는 바닥에 침을 뱉었다.

그 순간 어젯밤 일이 생각났다. 뒤이어 이 팀장이 어떻게 됐는지도 떠올랐다.

'그래. 박 차장도 똑같은 꼴로 만들어주는 거야. 크크.'

퇴근을 한 세호는 곧장 인형 뽑기 기계로 달려갔다. 기계는 어젯밤처럼 환히 불을 밝히고 서 있었다.

'좋았어. 오늘도 뽑아보는 거야!'

세호는 천 원짜리 한 장을 집어넣었다. 하지만 두 판 모두 실패했다. 화가 난 세호는 다시 돈을 넣었다. 이번에는 전 판들보다 훨씬 더 신중하게 레버를 움직였다.

집게발이 출렁인다 싶더니 인형의 머리를 끄집어 올렸다.

"그래! 바로 이거야."

세호는 드디어 인형을 뽑았다. 신이 난 세호는 인형을 들고 집으로 달려갔다.

"크크. 당해봐라. 박 차장."

세호는 박 차장의 얼굴을 떠올리며 눈과 코, 그리고 입을 그려 넣었다. 안경까지 그렸다. 박 차장과 제법 그럴싸하게 닮은 인형이 탄생했다.

"넌 이제부터 박 차장이다. 알겠어? 크크크."

세호는 그렇게 말하고 난 뒤 인형을 들어 올렸다.

'어떻게 할까?'

잠시 망설이던 세호는 인형의 다리 하나를 잡고 양손으로 쭉 찢었다.

찌지직!

귀에 거슬리는 소리와 함께 인형의 두 다리가 찢겨 나갔다.

인형이 또다시 몸을 부르르 떨었다.

"됐다. 박 차장한테 무슨 일이 생긴다면 이제 확실하겠군."

세호는 핸드폰을 켜고 회사 단톡방에 들어갔다. 얼마나 기다렸을까. 누군가가 메시지를 올렸다.

　－ 속보! 방금 박 차장님 교통사고. 두 다리가 다 잘렸다고 함.
　　병원으로 이송 중!

그 메시지를 본 세호의 심장이 쿵 내려앉았다.

"진짜였어. 인형 뽑기에 적힌 안내문은 다 진짜였어! 이, 이거 꽤 오싹한걸. 크크."

세호의 눈은 광기로 번들거렸다.

단톡방은 불이 났다.

　－ 헐! 박 차장님 왜 갑자기 사고를.
　－ 지금 다 같이 병원으로 가봅시다.
　－ 그래요. 큰일이 났는데 이대로 있는 건 좀 아니라고 봅니다.
　－ 갑시다!

"위선자들……."

세호는 입술을 씰룩이며 중얼거렸다. 마음 같아서는 집에 있고 싶었지만 세호도 어쩔 수 없이 준비를 했다.

"괜히 피곤하게 됐군."

세호는 방바닥에 떨어져 있는 박 차장 인형을 바라봤다.

'아예 목을 뽑아버렸다면 어땠을까?'

세호는 문득 그게 궁금했다.

밤거리로 나온 세호는 도로까지 나가 택시를 잡으려고 했다. 이 시간에 병원으로 가려면 택시를 타는 게 제일 빨랐다.

다들 진짜로 무슨 일이 벌어진 건지는 모른 채 병원으로 달려오고 있을 거라 생각하니 비식비식 웃음이 새어 나왔다.

이제 인형 뽑기만 있다면 자신을 귀찮게 하는 인간들은 모조리 제거할 수 있었다.

"크크크."

세호의 웃음이 밤바람을 타고 하늘 높이 울려 퍼졌다.

그때였다.

자동차 한 대가 균형을 잃고 비틀거린다 싶더니 세호를 향해 빠르게 달려왔다.

"어, 어?"

세호는 돌진하는 차를 피하려고 재빨리 뒷걸음질 쳤다. 그러다가 도로 턱에 발이 걸리고 말았다.

"으악!"

세호는 미처 대비도 하지 못한 채 뒤로 벌렁 넘어졌다.

머리가 콘크리트 바닥에 부딪치며 엄청난 통증이 몰려온 순간, 세호의 눈앞으로 한 사람의 얼굴이 스치고 지나갔다.

최 사원이었다.

세호의 얼굴이 그려진 인형을 들고 머리 부분을 뜯어내는 최 사원의 모습이 죽음을 앞둔 세호의 눈앞에 생생하게 떠올랐다.

"크크크."

최 사원은 광기에 찬 웃음을 터트리고 있었다.

"안 돼……."

세호는 바닥에 쓰러졌다. 세호의 머리에서 엄청난 양의 피가 흘러나왔다.

잠시 후 단톡방에는 세호의 죽음을 알리는 메시지가 떴다.

그 누구도 세호가 왜 갑자기 머리가 깨진 채 죽게 되었는지 알지 못했다.

7

저주받은 숲

미스터리 마니아 사이에서 회색 숲 혹은 저주받은 숲이라 불리는 곳이 있다.

그 숲은 우연히 발견되었다.

국내에서 규모가 제일 크고 유명한 미스터리 사이트에 사진 한 장이 올라온 것이다. 칙칙하고 어두컴컴한 회색빛 숲속에 침엽수들이 빽빽하게 자라 있는 사진이었다.

사진 밑에는 달랑 한 줄의 글만 달려 있었다.

느낌 어떠냐?

그 글 밑으로 댓글이 주르륵 달렸다.

— 오! 어디임?

— 일본의 그 숲 아니야?

— 우리나라 맞아?

— 처음 보는 사진인데 저 숲은 좀 무섭다.

— 그러게. 분위기가 싸한데.

— 글쓴이 자세히 썰 좀 풀어봐.

— 나도 어딘지 궁금하다.

— 직접 찍은 사진임?

글쓴이가 곧 두 번째 글을 올렸다. 새로 올라온 글에는 똑같은 숲의 다른 사진과 더 자세한 내용이 들어 있었다.

혹시 문제가 있을지도 모르니까 정확한 위치는 밝히지 않을게.

그냥 강원도 쪽이라고만 알아둬.

나도 오늘 우연히 발견했음.

친구들이랑 무계획으로 텐트만 하나 달랑 들고 캠핑 왔는데 이런 숲이 있어서 한번 찍어봤음.

실제로 보면 분위기 더 살벌하고 아주 죽여줌.

우리 사이트 회원들이라면 좋아할 것 같아서 올리는 거임.

숲이 워낙 빽빽해서 그런지 햇빛이 잘 안 들어오고 그래서 회색빛으로 보임.

친구들은 다 싫다고 하는데 내가 빡빡 우겨서 오늘은 여기서 캠핑해보려고.

나중에 후기 남길게.

그 글에도 역시나 많은 댓글이 달렸다.

– 이게 우리나라라고?

– 무슨 사연이 있는 숲 같은데.

– 글쓴이 조심해라.

– 사진으로만 봐도 안 좋은 기운이 느껴진다.

– 나도 동감. 딱 봐도 분위기가 안 좋다.

– 이런 곳은 원래 피해야 해. 글쓴이 객기 부리면 안 된다.

– 다들 너무 오버하는 거 아님?

– 정확한 위치 어디냐? 강원도 어디?

– 나도 위치가 급하다. 가보고 싶다.

– 아! 강원도라고 했지? 나 저기 어딘지 알 것도 같은데…….

두 번째 글 이후로 글쓴이는 게시물을 올리지 않았지만 사이트 회원들의 관심은 사그라지지 않았다.

〈회색 숲이 위험한 이유〉라는 제목의 글이 바로 올라왔기 때문이다.

〈회색 숲이 위험한 이유〉

숲 사진 올린 글쓴이 봐라.

경고한다.

빨리 그 숲에서 나와라.

빛이 안 드는 깊은 숲은 음지 중에서도 음기가 제일 강한 곳이다.

음기가 강하다는 건 귀신이 많다는 뜻이고.

그런 곳에선 하룻밤만 자도 큰일이 벌어질 수 있다.

귀신들이 나무들마다 주렁주렁 매달려 있을 거다.

나는 그런 기운을 조금 느낄 줄 아는 아마추어인데도 네가 올린 사진을 보니 소름이 확 돋더라.

아마 전문가들이 보면 더 정확한 진단을 해줄 거다.

하지만 그때는 이미 너무 늦었을 확률이 크다.

그러니 다시 한번 경고하는데 빨리 그 숲에서 나와야 한다.

그런 회색 숲이 지금까지 알려지지 않은 데는 다 그만한 이유가 있는 거다.

사진도 빨리 지워라.

역시 이 글에도 댓글이 많이 달렸다.

  - 나도 같은 생각. 글쓴이가 위험하다.
  - 사진에서 정확히 어떤 기운이 느껴지는 거지?
  - 나도 그게 궁금함.
  - 자. 이제 전문가들 등판할 차례.
  - 와……. 근데 이 글이 사실이라면 진짜 소름 돋는 일인데.
  - 글쓴이 말이 맞아. 이 정도 분위기의 숲이 안 알려진 데는
    다 이유가 있는 거야.
  - 나 저 숲 잘 안다. 이 글 쓴 사람 말이 맞다. 무조건 피해야
    한다.
  - 위에 댓글 쓴 사람 썰 좀 더 풀어봐.

사이트 회원들이 새로운 글과 댓글 등으로 회색 숲에 대해
여러 이야기를 하는 사이 원래 글을 썼던 글쓴이가 〈지금 상
황〉이라는 제목으로 새 게시물을 올렸다.

  사진으로 인증할게.
  지금 상황이야.

그 게시물에 첨부된 사진 속에는 숲에 친 텐트가 있었다.

글쓴이는 숲을 배경으로 자신의 손목시계를 찍은 사진도 함께 올렸다.

자, 보이지?
현 시각 텐트 다 쳤다.
친구 중 두 명은 집으로 가고 나랑 또 한 명만 1박 한다.
집에 간 친구들은 도저히 무서워서 못 자겠다고 하네.
나 걱정해주는 글도 방금 다 읽었다.
나도 이 숲이 요상하다는 건 알겠는데, 내가 이런 쪽으로 호기
심이 엄청 많고 무서움도 없거든.
우리 사이트 회원들이라면 다들 나랑 비슷하지 않을까?
흉가 체험 한다는 생각으로 일단은 있어 보려고.
어두컴컴해서 분위기는 좀 싸하지만 아직까진 아무 일 없음.
아까 보니까 회색 숲이라고 부르던데 그 이름 마음에 드네.
그럼 또 글 올릴게!

그로부터 두 시간 후.
이제 막 해가 지기 시작할 무렵에 글쓴이가 다른 글을 올렸
다. 한동안 잠잠하던 게시판이 뜨겁게 달아올랐다.
제목부터가 심상치 않았기 때문이다.

〈이상한 일이 계속 벌어진다!〉

다른 사람 말 들을 걸 그랬나 봐.

아까부터 이상한 일이 계속 벌어진다.

차에 시동이 안 걸리고 가져온 버너 같은 것들도 다 말을 안 듣는다.

손전등도 안 켜져.

그리고 나침반도 안 먹혀.

여기 진짜 이상한 곳인 듯.

친구 놈이 자꾸 돌아가신 할머니 목소리가 들린다고 하는데 나 약간 무서워.

사람들은 하나같이 걱정하는 댓글을 달았다.

- 지금이라도 빨리 나와!
- 장난치는 거 아니라면 아주 심각한 상황인 듯.
- 왜! 이거 진짜 영화 같은데?
- 글쓴이 너무 걱정된다.
- 빨리 도망쳐!

잠시 후 새로운 게시물이 올라왔다.

〈친구가 사라졌다〉

친구가 텐트 밖으로 나가더니 안 돌아온다.

전화도 안 받아.

여름이라서 아직은 밝아야 하는 시간인데 여긴 완전 깜깜해.

거의 밤 같다.

손전등도 안 되고 미치겠다.

유일하게 핸드폰밖에 못 쓰는데 배터리도 얼마 안 남았어.

나가고 싶어도 차 시동이 안 걸리고 친구는 소식도 없고.

어쩌지?

새로운 게시물이 올라오자마자 수많은 댓글이 줄줄이 이어졌다.

- 경찰에 신고를 해!

- 그래. 지금은 신고하는 게 제일 좋을 것 같다.

- 와, 진짜 후덜덜하다!

- 실화냐?

- 회색 숲이라고? 도대체 어떤 곳이야?

- 글쓴이! 빨리 위치 말해봐. 내가 지금 강원도 쪽인데 혹시 가

  까우면 구하러 갈게.

- 오! 용자가 나왔다.

- 그래. 글쓴이 빨리 댓글이라도 달아라.

곧 글쓴이가 댓글을 달았다.

- 여기 강원도 ○○군 ○○○번지에서 야산 쪽으로 우회전하
  면 나오는 곳이야. 제발 빨리 와줘!
- 오케이. 여기서 가깝다. 내가 직업 군인인데 우리 부대에서
  멀지 않아. 대충 어딘지 알겠다. 지금 출발할게.
- 와! 훈훈하다.
- 직업 군인이면 게임 끝 아니냐?
- 진짜가 나타났다!
- 군인 너도 조심해라. 혼자서 뭐 어떻게 할 게 아닌 것 같다.
- 위의 넌 뭘 알고 하는 소리냐?
- 사진 딱 보니까 사이즈 나오는데 뭘. 거긴 그냥 숲이 아냐.
  귀신들 놀이터지. 다들 안 믿겠지만 내가 현직 박수무당이거
  든. 조금 더 빨리 보고 말렸어야 하는데. 후회가 된다.
- 글쓴이 신고는 했냐?
- 글쓴이 왜 이제 대답이 없지? 빨리 신고부터 해.

글쓴이는 다시 댓글을 달지 않았다.
사람들이 글쓴이를 계속 찾았지만 묵묵부답이었다.

잠시 후 글쓴이를 구하러 가겠다던 직업 군인이 게시물을 올렸다. 〈지금 출발〉이라는 제목과 함께 사륜구동 SUV 차량과 각종 공구들을 찍어서 올렸다.

그 게시물에 또다시 많은 댓글이 달리며 응원의 메시지를 보냈다. 댓글 중에는 신고부터 하라는 이야기가 많았다. 직업 군인은 이미 신고했다고 답글을 달았다.

그런 뒤 또 한 시간 정도가 지난 후에 직업 군인의 새 글이 게시되었다.

〈도착했는데 글쓴이는 보이지 않음〉

여기가 회색 숲임.

원래 이름은 뭐라고 하는지 모르겠는데 아무튼 맞는 것 같다.

분위기가 아주 무시무시해.

부대에 있을 때도 이런 곳 정보는 없었는데 숲이 너무 빽빽해서 걸어 들어가기가 힘들 정도임.

아까부터 글쓴이를 계속 찾고 있는데 못 찾겠음.

입구에서부터 계속 찾았거든.

근데 없어.

차가 지나간 흔적은 보이는데.

경찰은 아직 소식이 없음.

아마 오고 있겠지.

근데 솔직히 나도 좀 무섭다.

아까 보니까 이 숲이 귀신 놀이터라고 말하던 박수무당 형이

있던데 썰 좀 자세히 풀어봐.

너무 위험할 것 같으면 나도 경찰 기다리게.

출발할 땐 아무것도 아닐 줄 알았는데 막상 와보니 장난 아님.

직업 군인의 글에 박수무당이 댓글을 달았다.

– 지금이라도 늦지 않았으니까 더 들어가지 말고 거기서 멈춰.

아니면 되돌아 나오거나.

– 형. 나 직업 군인이야. 도대체 여긴 어떤 곳이야?

– 영가들이 모이는 곳이 따로 있어. 근데 선한 영가들은 모이

지도 않아. 이 세상에 원한 많고 미련 많은 독한 영가들만

모여 있는 거고 그런 곳엔 햇빛이 잘 들지 않거든. 그래서

모든 게 회색이야.

– 그럼 이제 어떡해야 해? 글쓴이는 어떻게 됐을까?

– 나도 정확히는 모르지만 영가들한테 먹혔을 거야. 그러니까 이

미 늦었다는 거지. 괜히 너도 나쁜 꼴 보지 말고 빨리 나와.

– 알았어. 고마워, 형. 다른 형들도 고마워. 난 철수해야겠다.

직업 군인이 회색 숲에서 나오겠다는 댓글을 달고 얼마 후

새 게시물이 올라왔다.

〈나 좀 도와줘!〉
나가는 길을 못 찾겠다!
손전등도 두 개나 있는데 다 꺼졌어.
핸드폰으로 112에 미친 듯이 전화를 했는데 전화도 안 터져.
여기에 글만 쓸 수 있다.
도대체 어떻게 해야 할지 모르겠음.
아무나 좋으니까 누가 나 좀 도와줘!

그러자 박수무당이라던 사람이 글을 올렸다.

〈회색 숲 관련해서〉
내가 조금 찾아봤는데 강원도 쪽의 회색 숲은 이쪽 사람들 사
이에서는 제법 유명했나 봐.
거기 저주받은 곳이란다.
옛날부터 사람들 홀려서 빙빙 돌게 만들다가 잡아먹거나 했대.
나는 사진만 보고 그냥 나쁜 영가들이 모여 있는 곳이라 생각
했는데, 그것보다 더 안 좋은 곳인가 보다.
일단은 사람들을 꾄다는 게 문제야.
처음에 글쓴이도 그렇고 지금 직업 군인도 그렇고 난 뭔가 좀

의심스럽다.

박수무당의 글 역시 큰 화제가 되었다.

  - 뭐야? 그럼 둘 다 낚으려던 거라고?
  - 글쓴이랑 직업 군인은 진짜인 것 같은데?
  - 네가 개소리 하는 거 아냐?
  - 두 사람이 귀신이라는 소리야, 아니면 귀신 끄나풀이라는 소
    리야?

미스터리 사이트에서는 난리가 났지만 그 후 글쓴이도, 직업 군인도, 그리고 박수무당도 다시는 글을 올리지 않았다.

사이트 회원들은 온갖 방법을 이용해 그 회색 숲을 찾으려고 해봤지만 모두 실패했다. 회원 중 한 명이 그날 경찰에 신고 된 사례가 있는지 알아봤지만 되돌아온 답은 '알 수 없음'이었다.

그 뒤 글쓴이가 말한 곳으로 직접 찾아간 사람도 있었지만 그저 평범한 숲이 나올 뿐이었다.

이 일은 '회색 숲 사건' 혹은 '저주받은 숲 실종 사건'으로 미스터리 사이트는 물론이고 인터넷에서도 큰 화제가 되었다.

그때는 물론이고 지금까지 그 회색 숲의 존재를 확인한 사

람은 한 명도 없다. 다만 미스터리 사이트에서는 일정 시기만
되면 누군가가 그 숲 사진을 올리곤 한다.

사진을 올린 이가 누구인지는 확인되지 않았다.

글쓴이도, 직업 군인도, 심지어는 박수무당의 존재도 확인
되지 않았다.

8

화분

선미는 집에 새 화분을 들여놓았다. 계획한 일은 아니었다. 가끔씩 열리는 벼룩시장에 갔다가 우연히 화분을 발견했다. TV 옆에 놓기에 딱 좋은 크기였다.

화분을 팔고 있던 사람은 나이를 짐작하기 어려울 만큼 늙은 할머니였다. 어쩌면 그래서 더 관심이 갔는지도 모르겠다. 아무리 두어도 팔릴 것 같지 않은 잡동사니들 틈에 화분 하나가 끼어 있었다. 평범해 보이는 흙색 화분 위로 자그마한 빨간 꽃이 피어 있었다. 선미는 그 꽃을 보자마자 사야겠다고 생각했다.

"할머니. 이 꽃 이름이 뭐예요?"

선미가 물었지만 할머니는 못 알아들었는지 고개만 푹 숙이고 있었다.

"할머니."

다시 한번 부르자 그제야 선미를 바라봤다. 눈이 잔뜩 충혈돼 자글자글한 눈주름 사이로 꽃잎처럼 빨간 눈알이 뒤룩거리고 있었다.

"뭘 사겠다고?"

할머니가 물었다.

"화분이요. 이 화분. 얼마예요?"

"화분?"

할머니는 자기가 뭘 가져다 놓았는지도 모르는 것 같았다. 화분을 보고는 화들짝 놀랐으니까.

"아니. 이 화분이 왜 여기에……."

"안 파시는 거예요?"

할머니는 선미를 물끄러미 바라봤다.

"팔아. 파는데……."

"그럼 주세요. 제가 살게요."

할머니는 잠시 머뭇거리더니 고개를 끄덕였다.

"오천 원만 줘."

선미는 지갑에서 오천 원을 꺼내 할머니에게 건넸다.

"그런데 이 꽃 이름이 뭐예요?"

"몰라. 이름은."

할머니는 황급히 눈을 내리깔았다. 그 모습이 아무래도 꺼림칙했지만 선미는 화분을 받아 들고 집으로 돌아왔다. 그만큼 화분이 마음에 들었다.

선미는 계획했던 대로 화분을 TV 옆에 두었다. 그쪽 부분이 늘 칙칙해 보여서 신경이 쓰였는데 화분을 둔 것만으로도 확 달라졌다.

무엇보다 작은 꽃이 무척 예뻤다. 꽃잎의 새빨간 색은 빛이 나 보일 정도였다. 선미는 베란다에 놓아둔 다른 화분들을 바라봤다.

작은 집에서 식물을 키우는 게 선미의 유일한 취미였다. 무럭무럭 잘 자라는 식물들을 보고 있으면 절로 힘이 났다.

그날 밤 선미는 꿈을 꾸었다. 새 화분의 꽃이 화사하게 피어나 온 방 안을 뒤덮는 꿈이었다.

선미는 작은 회사의 경리 사원으로 일하고 있었다. 회사의 남자 직원은 거의 대부분 나이 많은 아저씨들이었다.

딱 한 명, 김 대리를 제외하고는.

김 대리는 훤칠한 외모에 서글서글한 성격까지 더해 여자들에게 인기가 많았다. 사내에서도 김 대리에게 호감을 품은 여자 사원이 몇 명이나 있었다.

선미도 그중 하나였다.

퍽퍽하고 짜증 나는 직장 생활에서 김 대리는 큰 활력소였다. 업무 관련으로 몇 번 이야기를 할 기회가 있었는데, 그때마다 김 대리는 환하게 웃으며 선미를 대했다.

'분명 나한테 호감이 있는 거야.'

선미는 그렇게 믿었다.

'그렇지 않고서야 저렇게 잘 웃어줄 리가 없지.'

문제는 다른 여직원들이었다. 선미가 아는 것만 해도 세 명 이상이 김 대리에게 호감을 품고 있었다. 그중에서도 가장 거슬리는 사람이 바로 같은 경리과의 이 대리였다.

이 대리는 매사에 적극적인 사람이었다. 표현하는 것도 과감했다. 노골적으로 김 대리를 향해 호감을 표하는 이 대리를 보며 선미는 질투심을 느꼈다.

그날도 마찬가지였다.

"김 대리님. 오늘 저랑 같이 점심 먹을래요?"

이 대리는 사람들 앞에서도 거리낌 없이 말했다. 잠깐 망설이던 김 대리가 마지못해 고개를 끄덕였다.

선미는 화가 치밀었다.

'우유부단하게 뭐야! 싫으면 싫다고 말할 것이지. 그건 그렇고 이 대리는 정말 너무한 것 아냐?'

하지만 아무리 화가 나도 겉으로는 표현하지 못하는 선미였다.

집으로 돌아온 선미는 옷을 갈아입지도 않고 거실 소파에 털썩 주저앉았다. 낮의 일 때문에 하루 종일 기분이 나빴다. 멍하니 앉아서 화를 삭이고 있는 선미의 눈에 화분이 들어왔다.

새빨간 꽃이 탐스럽게 보였다.

"나도 저렇게 예쁘면 얼마나 좋을까……."

선미는 자기도 모르게 중얼거렸다.

그때였다.

열어 놓은 거실 창문으로 바람이라도 불어 들어온 걸까?

꽃이 살랑살랑 흔들렸다.

그 모습이 마치 선미의 말에 고개를 끄덕여주는 것 같았다.

선미는 화분 곁으로 다가갔다. 아직 불도 켜지 않았다. 가로등 불빛이 비쳐 들어와 꽃은 더욱 붉어 보였다. 어두컴컴한 방안에 앉아 선미는 꽃에게 말을 걸었다.

"넌 내 마음을 이해할 수 있지?"

그러자 신기하게도 꽃이 또 위아래로 흔들렸다.

"그 여자만 없다면 김 대리는 내 차지일 텐데 말이야. 단 며칠이라도 그 여자가 안 보이면 좋겠어."

선미는 계속해서 중얼거렸다.

"이 대리 꼴도 보기 싫어. 없어졌으면 좋겠어."

그날 밤, 선미의 중얼거림은 오래오래 계속됐다. 꽃은 처음부터 끝까지 선미의 말을 조용히 들어주었다.

다음 날 선미가 출근하자 직원들이 모여서 웅성거리고 있었다.

"무슨 일이에요?"

선미가 물었다.

"못 들었어요? 이 대리…… 오늘 출근하는 길에 사고를 당했대요."

교통사고였다. 이 대리가 타고 있던 택시가 버스와 부딪치면서 큰 부상을 입었다.

선미는 웃음이 터져 나오려는 걸 억지로 참았다. 자신의 바람이 이런 식으로 이루어지다니.

'설마…… 아니겠지?'

선미는 화장실에 들어가 혼자서 마음껏 웃었다.

그날 집으로 돌아온 선미는 이상한 걸 발견했다.

화분의 빨간 꽃이 성큼 자라 있었다. 줄기도 길어졌지만 꽃봉오리 자체가 커졌다. 새빨간 색도 더욱 탐스럽게 변했다.

"어머. 너 하루 사이에 많이 자랐구나!"

선미의 말에, 꽃은 기쁘다는 듯 살랑살랑 흔들렸다.

물론 창문은 닫혀 있었다.

선미는 그날 밤에도 꿈을 꾸었다. 김 대리와 함께 화사하게 자란 꽃을 바라보는 꿈이었다. 선미는 이 대리의 사고 이후 한결 즐거운 직장 생활을 이어갔다.

김 대리와도 부쩍 가까워졌다. 두 사람은 점심을 같이 먹기도 했다. 하지만 선미의 기쁨은 그리 오래가지 못했다.

김 대리를 좋아하는 여직원들은 끊임없이 생겨났다. 김 대리는 모두에게 친절했다.

"아주 미워 죽겠어. 인사과의 그 여자도, 영업팀의 그 여자도 모두 내 눈앞에서 사라졌으면 좋겠어!"

선미는 꽃 앞에서 매일같이 한탄을 했다. 질투가 가득 담긴 저주의 말을 쏟아 냈다. 신기하게도, 선미가 그런 말을 한 다음에는 그 여자들이 꼭 사고를 당했다. 계단에서 굴러 다리가 부러지거나 개에게 얼굴을 물려 수술을 해야 하는 사람도 생겨났다.

선미는 점점 무서워졌다. 하지만 무서움과 비례해서 질투심은 더욱 커졌다.

그사이 꽃은 무럭무럭 자랐다. 꽃송이는 선미의 주먹만 하게 자라나 붉은색을 뚝뚝 흘리고 있었다.

그것과 동시에 베란다의 다른 식물들은 시들시들 죽어갔다.

선미가 온갖 수를 써봐도 막을 수가 없었다.

"김 대리님. 오늘 점심 어때요?"

선미가 평소처럼 조심스레 김 대리에게 물었다. 김 대리는 대답을 하지 않고 고개를 푹 숙였다.

"왜 그래요? 무슨 고민거리 있어요?"

"아니요. 점심은…… 같이 못 할 것 같아요."

김 대리의 목소리는 차가웠다.

"네? 그게 무슨 말이에요?"

"선미 씨. 거울 좀 봐요, 제발."

김 대리가 고개를 들면서 말했다.

그 순간 선미는 김 대리의 눈동자에서 혐오감과 두려움을 읽어냈다.

"거울?"

"요즘 선미 씨 얼굴이 어떻게 변했는지 모르죠? 건강에 문제가 있다면 병원부터 가세요."

김 대리는 그 말을 남기고 자리에서 일어나 쌩하니 가버렸다.

놀란 선미는 곧장 화장실로 달려갔다.

'거울을 보라고?'

선미는 거울을 들여다봤다.

거울 속에 낯선 여자가 서 있었다. 생기라고는 하나 없는 거무튀튀한 얼굴에 눈 밑은 시커멓고 얼굴에는 심술궂어 보이는 주름이 자글자글한 여자.

"뭐, 뭐야? 이게 나라고?"

선미는 서둘러 화장실을 빠져나왔다.

회사 사람들이 모두 자기를 보고 있는 것만 같았다. 두세 명씩 모여서 수군대기도 했다.

154

저 여자야!

저 여자 때문에 다른 사람들이 다친 거라고!

저 여자 좀 봐. 덕분에 얼굴이 완전히 망가져 버렸잖아.

사람들의 말소리가 들리는 것 같았다.

선미는 귀를 막아봤지만 소용이 없었다. 결국 선미는 회사를 빠져나왔다.

분명했다.

김 대리가 떠들고 다닌 게 분명했다. 선미는 그렇게 확신을 했다.

집으로 돌아온 선미는 화분 앞에 앉았다. 꽃은 줄기가 성큼 자라 선미를 내려다보고 있었다.

"김 대리 그 새끼 때문이야. 지금까지 모든 일이 우유부단한 김 대리 그 바람둥이 새끼 때문이라고. 사라졌으면 좋겠어. 아니, 죽었으면 좋겠어. 김 대리가 이 세상에서 완전히……."

선미는 그렇게 떠들다가 입을 막았다.

꽃이 웃고 있는 것처럼 보였기 때문이다. 꽃은 붉은 기운을 생생하게 내뿜으면서 만족한 듯 웃었다.

낄낄낄.

그 웃음소리가 생생하게 들릴 정도였다.

"아니야! 아니야!"

선미는 도망치듯 방 안으로 들어갔다.

그날 밤, 선미는 비몽사몽간에 잠에서 깨어났다. 거실 쪽에서 바스락거리는 소리가 들리고 있었다. 무언가가 바닥을 쓰는 듯한 소리였다.

'뭐지?'

선미는 조심스레 방문을 열었다.

어두컴컴한 거실에서 오직 꽃만이 생생하게 보였다. 마치 빨간색 등을 켜 놓은 것 같았다.

그 꽃이 움직이고 있었다. 꽃은 줄기의 움직임을 따라 꿈틀대며 베란다로 기어 나갔다. 그렇게 기어간 꽃은 베란다 화분 속의 다른 식물들을 칭칭 감고는 목을 조르듯 조이기 시작했다.

"헉!"

선미는 자기도 모르게 그런 소리를 냈다.

온몸에 소름이 돋았다. 순간 섬뜩한 사실을 깨달았다.

'저 꽃은 나를 죽일지도 모른다!'

선미는 거실로 달려 나갔다.

손에는 어느새 가위를 들고 있었다.

선미를 발견한 꽃이 뱀처럼 꿈틀거리며 제자리로 돌아왔다. 손바닥만 하게 자란 꽃송이가 선미를 노려봤다.

"너 때문이야! 모두 너 때문이야!"

선미는 소리를 지르며 꽃의 줄기를 꽉 쥐었다. 손안에서 꽃이 버둥거리기 시작했다. 살아 있는 물고기를 쥔 것 같았다.

"죽어!"

선미는 줄기를 잘라냈다. 가위를 마구 놀렸다. 줄기를 자를 때마다 핏빛 액체가 울컥울컥 흘러나왔다.

꽃의 저항은 만만치 않았다. 선미의 팔을 휘감아 길고 흉측한 상처를 남겼다. 선미는 악을 쓰며 줄기를 자르고 또 잘랐다. 둘의 사투는 새벽이 되도록 계속됐다. 마침내 선미는 줄기를 모두 잘라냈다.

화분은 텅 비었다.

흙만 남았을 뿐이었다.

"히히. 하찮은 꽃 주제에!"

선미는 홀가분한 마음으로 출근을 했다.

김 대리가 보이지 않았다.

"김 대리는 오늘 출근 안 해요?"

선미가 옆자리 동료에게 물었다.

"못 들었어요? 김 대리…… 죽었어요. 목을 맸다는데 자살인지 타살인지도 확실히 모른다고…….."

"네?"

선미는 비틀비틀 화장실로 향했다. 거울 속의 낯선 여자는 더 흉측하게 변해 있었다.

김 대리가 죽었다.

그 사실이 머릿속에 꼭 박혀서 떠나지 않았다. 눈물도 나오지 않았다. 다만 무서울 뿐이었다.

'괜찮아. 괜찮아. 그래도 꽃은 다 잘라버렸으니까.'

선미는 간신히 그렇게 되뇌었다.

선미는 김 대리의 빈소에 가자는 동료들의 말도 무시한 채 집으로 돌아왔다. 선미는 제일 먼저 화분을 확인했다.

바로 오늘 새벽에 모두 잘라버렸는데 벌써 싹이 올라와 자라고 있었다.

"안 돼……."

선미는 경악했다. 다시 가위를 찾던 선미는 바닥에 털썩 주저앉았다. 아무리 잘라내고 파내도 이 꽃을 죽일 수는 없다는 사실을 문득 깨달았기 때문이었다.

며칠 후 벼룩시장이 열렸다.

거칠한 인상의 한 여자가 잡동사니들과 함께 화분 하나를 팔고 있었다.

"이 화분 얼마입니까?"

한 남자가 여자에게 물었다.

여자는 생전 처음 본다는 듯 화분을 보고 또 바라봤다.

9

열세 번째 계단

한 계단씩 올라갈 때마다 피를 한 방울 흘려야 해. 그렇게 열세 번째 계단까지 올라가서 뒤를 돌아보면 여자아이가 서 있을 거야. 그 아이에게 소원을 말하면 들어줘. 뭐든지. 네가 원하는 것이면 뭐든지.

그 소문을 처음 들었을 때 나는 웃어 넘겼다.

요즘 같은 세상에 그딴 미신을 믿다니…….

하지만 바보 멍청이 같은 녀석들은 그게 사실이라도 되는 것처럼 떠벌리고 다녔다.

한심한 노릇이었다.

누가 처음 이야기를 꺼낸 건진 몰라도 13계단 괴담이 우리들 사이에서 빠르게 퍼져나갔다.

자정이 되면 학교 후문 계단을 오른다. 꼭 피를 한 방울씩 떨어뜨리며 계단을 올라야 한다.

한 계단, 한 계단…….

그렇게 해서 열세 번째 계단까지 올라간 다음 뒤를 돌아보면 눈이 새빨간 여자아이가 서 있다. 그 여자아이에게 소원을 빌면 뭐든 다 들어준다.

그야말로 인터넷 어딘가에 떠돌 법한 시시한 이야기였다.

나는 그런 것들에 정신을 팔 여유가 없었다. 이번 시험에도 1등을 차지하지 못하면 내 인생은 끝이었다. 엄마 아빠가 얼마나 실망할지 생각만 해도 끔찍했다.

이런저런 생각에 괴로워하며 학원을 향해 걷고 있을 때 누군가가 뒤에서 날 불렀다.

고개를 돌려 보니 원석이가 서 있었다.

"어이. 학원 가냐?"

원석이가 웃으며 물었다.

"응. 너는?"

"게임 한판 하려고."

원석이가 PC방 간판을 가리키며 말했다.

"야! 우리 이제 중2야. 중요한 때라고. PC방이 웬 말이야."

내가 말했지만 원석이는 히죽 웃을 뿐이었다.

"걱정 붙들어 매. 난 공부 같은 거 안 해도 끄떡없으니까. 호호."

원석이는 얄밉게 말한 다음 PC방을 향해 달려갔다.

그랬다.

원석이는 맨날 놀러 다니면서도 1등을 놓치지 않았다. 내가 녀석에게 중요한 때라고 말하는 것도 사실 웃기 일이었다. 나는 죽어라 공부했지만 절대 원석이를 따라잡지 못했다.

하지만 이번 시험은 다를 것이다. 나는 자신이 있었다. 그만큼 열심히 공부를 했고 원석이는 평소보다 더 심하게 놀았으니까.

이번에는 내가 1등을 할 것이다.

성적표를 받아 든 아빠는 아무 말도 하지 않은 채 방으로 들어가셨다. 엄마는 한숨을 푹 내쉬며 잔소리를 늘어놓으셨다.

"어쩌려고 그래? 이대로 계속 2등 인생만 살래? 도대체 뭐가 부족해서 이러니? 보내달라는 학원 다 보내줘, 사달라는 거 다 사줘, 얼마나 더 지원을 해야 되는 거야? 너 이대로 3학년 올라가 봐야 답도 없어. 원석이는 맨날 1등만 하는데, 넌 어째 갤 한 번도 못 잡니? 답답하다, 답답해!"

나는 말없이 듣고만 있었다. 속에서는 설명할 수 없는 감정이 부글부글 끓어올랐지만 아무 말도 하지 않았다. 입을 열었다가는 소리를 지를 것만 같았다.

엄마의 잔소리는 그 후에도 한 시간 넘게 이어졌다. 나는 방으로 돌아와 성적표를 뚫어져라 바라봤다.

최선을 다했다. 정말 죽을힘을 다했고 내가 할 수 있는 모든 걸 쏟아 넣었다.

그런데도…….

원석이를 이기지 못했다.

수업 시간에 맨날 조는 원석이를, 학원도 빼먹고 놀러만 다니는 원석이를…….

나는 핸드폰으로 원석이에게 연락을 했다.

– 야. 잠깐 볼 수 있냐?

곧바로 답장이 왔다.

– 응. 놀이터에서 만나자.

나는 옷을 주워 입고 엄마 몰래 집을 빠져나갔다.

원석이는 먼저 와서 기다리고 있었다.

"왔냐?"

원석이가 나를 보고 환하게 웃었다.

"뭐 하고 있었어?"

내가 물었다.

"뭐 하긴. 게임 한판 했지. 시험도 끝났으니까 마음껏 놀아야지. <u>흐흐</u>."

"넌 평소에도 놀잖아."

"하긴. 난 노는 게 제일 좋으니까. <u>흐흐</u>."

원석이는 계속 실실 웃었다.

나는 그 얼굴을 보는 게 싫었다. 하지만 원석이를 부른 건 나였다. 나는 원석이 앞에 무릎을 꿇었다.

"야! 뭐, 뭐야?"

원석이가 깜짝 놀라며 물러섰다.

"원석아. 나 부탁이 있다. 한 번만 들어줘."

"뭔데 이래, 새끼야! 빨리 일어나."

"들어준다고 하면 일어날게."

"미쳤어?"

"들어줄 거야?"

"빨리 일어나라고!"

"들어줄 거냐고?"

나는 물러서지 않았다.

"알았어. 들어줄 테니까 일단 일어나."

"고마워."

나는 일어나서 무릎에 묻은 흙을 털었다.

"도대체 왜 이러는 거야?"

원석이가 씩씩거리며 물었다.

"비결을 알고 싶어."

내가 말했다.

"무슨 비결?"

"1등 하는 비결. 넌 도대체 어떻게 하기에 그렇게 놀면서도 1등을 하는지 알고 싶어. 제발 알려줘. 어떤 방법이라도 다 써 볼 거야!"

"미친놈. 그것 때문에 무릎까지 꿇은 거야?"

"맨날 1등만 하는 넌 모르겠지만 나한텐 죽는 것보다 더 중요한 문제야."

"하아. 돌겠네."

원석이는 밤하늘을 올려다보며 한숨을 푹 쉬었다.

"제발!"

"어차피 넌 말해도 안 믿을 거잖아."

원석이가 말했다.

"무슨 소리야. 1등인 네가 하는 말이라면 난 다 믿어. 그대로 할 거야."

원석이는 내 얼굴을 가만히 들여다봤다.

"정말 다 믿는다고 했지?"

원석이가 확인하듯 물었다.

"응!"

나는 고개를 끄덕였다.

원석이는 주위를 둘러보더니 내 쪽으로 바싹 붙어 서서는 속삭이듯 말했다.

"그거야, 그거. 13계단."

"뭐?"

내 귀를 의심했다.

지금 내가 무슨 말을 들은 거지?

13계단?

"그거라고. 소원 들어주는 열세 번째 계단."

"애들이 말하는 그 괴담 말이야?"

"그래. 난 거기서 소원을 빌었어. 1등을 하게 해달라고. 그런 후엔 공부를 하지 않아도 시험 문제만 보면 답을 딱 알겠더라고."

나는 멍하니 서 있었다.

설마…….

설마…….

그 괴담이 진짜였다니.

"너…… 나 놀리는 거 아니지?"

내가 물었다.

"아니라니까. 승거를 보여줘?"

"확실히 말해. 놀리는 거 아니지?"

다시 한번 물었다. 도저히 믿을 수가 없었다.

"흥. 아직도 못 믿는구나. 잘 봐. 이게 증거야."

원석이는 그렇게 말하면서 신발을 벗었다.

"갑자기 신발은 왜?"

원석이가 양말까지 벗어 던진 순간, 나는 끔찍한 사실을 깨달았다. 원석이 양발의 다섯 번째와 네 번째 발가락이 없었다. 날카로운 무언가로 잘라낸 것처럼 한 마디씩이 사라진 상태였다.

"봐. 이게 증거야. 흐흐."

원석이의 웃음이 기괴하게만 들렸다.

"시험을 치기 전마다 소원을 빌었어. 그런데 큰 소원일수록 더 많은 피를 원하거든. 그걸 알게 되고선 이렇게 발가락을 잘랐어. 흐흐흐. 잘 보이지? 아직도 내가 거저 1등을 했다고 생각해? 나는 엄청난 희생을 하고 1등을 한 거야. 알겠어? 흐흐흐."

원석이는 얼굴을 잔뜩 찡그린 채 웃기 시작했다. 녀석의 메마른 웃음소리가 밤하늘에 메아리쳤다.

"지, 지독한 놈."

나도 모르게 중얼거렸다.

"네가 1등을 하고 싶다면 더 큰 걸 준비해야 할 거야. 그 여자애는 피를 아주 많이 원하거든. ㅎㅎㅎ."

나는 구역질이 나는 걸 억지로 참으며 놀이터를 빠져나왔다.

ㅎㅎㅎ.

원석이는 남아서 계속 웃고 있었다.

집으로 돌아오니 엄마와 아빠가 소파에 앉아 계셨다.

"너 어디 갔다 오는 거니?"

"공부도 못하는 새끼가 밤에 몰래 싸돌아다녀?"

엄마 아빠는 나를 무섭게 야단쳤다. 하지만 내 머릿속에는 온통 계단 생각밖에 없었다. 소원을 빌면 들어준다. 하지만 소원이 크면 클수록 치러야 하는 대가도 크다.

원석이는 지금껏 네 번의 시험에서 1등을 했다. 그때마다 발가락을 한 개씩 잘랐다.

나도 그렇게 할 수 있을까? 나는 시계를 힐끗 바라봤다.

11시 30분이었다. 자정까지는 30분이 남았다. 다음 시험에서 1등을 하려면 누구보다도 먼저 소원을 비는 수밖에 없었다.

나는 결심을 굳혔다.

정확히 자정 5분 전에 학교에 도착했다. 서늘한 바람이 부는 밤이었다. 달빛만이 빛날 뿐 사방이 어두웠다.

나는 주위를 잘 살핀 뒤 후문 계단으로 향했다. 이제는 돌이킬 수 없었다. 계단에 한 발을 올렸다. 구토가 나오려는 걸 꾹 참고 피를 주르륵 떨어뜨렸다.

생각보다 많은 피였지만 이 정도는 되어야 충분할 것 같았다.

또 한 계단을 올라가며 피를 떨어뜨렸다.

그런 식으로 한 계단, 한 계단씩 올라갔다.

주위는 조용했다. 이제는 바람도 불지 않는 것 같았다.

저벅.

내 발소리만 들렸다.

주르륵.

그리고 피 떨어지는 소리만…….

1등만 할 수 있다면 못 할 게 없었다.

영원히 1등만 할 수 있다면.

열두 번째 계단까지 올라갔다. 나는 숨을 고른 후 마지막 한 계단을 밟았다. 그 순간 웃음소리가 들려왔다.

"흐흐흐. 진짜 왔네, 진짜 왔어!"

뒤를 돌아봤다.

빨간 눈의 여자아이 대신 원석이가 서 있었다.

원석이는 배를 잡으며 웃어 댔다.

"야! 진짜로 내 말을 믿은 거야? 그렇게 순진하니까 맨날 2등이지. 흐흐흐. 내 발가락…… 원래 그래. 태어날 때부터 그랬다고. 그리고 나 너한테 게임한다고 했던 거 다 거짓말이었어. 그때마다 죽어라 공부했어. PC방 간다고 했던 것도 마찬가

지야. 독서실에 갔던 거였어. 흐흐흐. 이딴 괴담을 믿고 그대로
하다니. 설마 했는데 진짜로 올 줄은 몰랐다. 나 동영상 찍어
놨으니까 내일 애들한테 쫙 돌려야겠다. 대박! 흐흐흐."

나는 원석이 녀석이 무슨 말을 하는지 이해할 수 없었다.

머릿속이 뒤죽박죽이었다. 머리가 아팠다.

"그런데 너 이 피는 다 어디서 난 거야? 설마 진짜로 발가락
이라도 자른 건 아니겠지? 흐흐흐."

미친 듯이 웃는 원석이 뒤로 흐릿한 형체가 보였다.

단발머리에 하얀색 옷을 입었다. 새빨갛게 빛나는 눈만은
똑똑히 보였다. 그토록 기다리던 여자아이였다.

나는 처음으로 미소를 지었다.

드디어…… 드디어 소원을 빌 수 있게 되었다.

역시 괴담은 진짜였다.

"야! 너 무슨 말이든 해봐. 너무 충격받은 것 같은데? 난 그
냥 장난이었다고."

원석이가 나를 향해 올라왔다.

나는 여자아이에게 소원을 빌었다. 영원히 1등을 할 수 있게
만들어주는 소원을.

"원석이를…… 원석이를 죽여줘."

소원이 큰 만큼 피도 많이 준비했으니까 꼭 들어줘.

여자아이는 웃었다.

"너, 너 지금 뭐라고 한 거야?"

원석이가 화난 표정으로 달려 올라왔다. 나는 손을 뻗어 원석이를 밀었다.

"어?"

녀석이 얼빠진 소리를 내며 뒤로 넘어졌다. 원석이는 계단을 구르며 아래로, 아래로 떨어졌다.

팔이 꺾이고, 다리가 꺾이고, 목이 괴상한 각도로 꺾였다. 내 소원은 드디어 이루어졌다.

"하하하!"

이번에는 내 웃음소리가 밤하늘에 크게 울려 퍼졌다.

나는 웃고 또 웃었다. 계속해서.

다음 날 경찰은 자기 부모를 무참히 살해한 중학생을 검거했다.

중학교 2학년인 이 소년은 성적을 두고 야단을 치는 부모에게 격분해 부엌칼로 엄마와 아빠를 난자했다.

또한 중학생은 동급생을 계단에서 밀어 죽인 혐의도 받고 있다. 중학생은 계속해서 같은 말만 반복할 뿐이었다.

"계단이 소원을 들어줬어."

10

가위

혜미는 원래 예민했다. 다른 사람들이 잘 듣지 못하는 소리
나 맡지 못하는 냄새 같은 것들도 기가 막히게 캐치해 냈다. 그
것뿐만이 아니었다.

특정한 장소의 분위기를 온몸으로 느꼈다. 왠지 모르게 으
슬으슬하고 을씨년스러운 분위기를 느꼈는데, 나중에 알고 보
니 그곳에서 사람이 죽었더라는 식이었다.

그렇다고 혜미가 귀신을 본다거나 하는 건 아니었다. 주위
사람들의 말처럼 혜미는 예민하고 감이 뛰어난 축에 속할 뿐
이었다.

그런 혜미가 가족을 따라서 이사를 했다. 이사한 곳은 서울

외곽의 넓지만 오래된 아파트였다. 시세보다 훨씬 저렴하게 나온 집이라 혜미의 부모님들은 망설이지 않고 계약을 했다.

더 넓은 방을 가지게 된 혜미와 남동생인 인호도 만족했다. 혜미가 다니는 대학교와도 오히려 가까워져서 그 점도 좋았다.

하지만 혜미는 한 가지가 걸렸다.

'너무 추운데……'

여름이 지나고 초가을에 접어들었다고는 하지만 집 안 전체에서 한기가 느껴졌다. 다른 가족들은 못 느끼는지 반팔로 잘만 돌아다녔다. 혜미는 즐겁고 행복한 분위기를 깨고 싶지 않아 말을 아꼈다.

그렇게 평화로운 며칠이 지났다. 한기는 가시지 않았지만 혜미도 새집의 분위기에 점차 적응하고 있었다. 가족들 모두 새집에 오고부터 생기가 돌았다. 혜미는 그것만으로도 만족했다.

어느 날 밤, 혜미는 책상에 앉아 시험공부를 하고 있었다.

그날따라 유독 한기가 짙게 느껴져 티셔츠 위에 카디건까지 입고 있었다. 중간고사가 얼마 남지 않았다.

여름방학이 끝난 지 얼마 지나지도 않은 것 같은데 벌써 중간고사라니…… 혜미는 시간이 참 빠르다고 생각했다.

공부는 밤늦게까지 이어졌다. 외워야 할 게 많은 과목이었다.

자정을 넘겼을 무렵, 혜미는 책상에 엎드려 깜박 졸고 말았다. 조는 상태에서도 침대에 가서 누워야겠다는 생각을 했다.

하지만 몸이 말을 듣지 않았다. 무언가가 위에서 짓누르는 듯 온몸이 나른하고 무거웠다. 물에 빠진 것 같은 느낌이기도 했다.

'왜 이러지?'

혜미는 잠결에 중얼거렸다. 느낌이 이상했다. 혜미의 예민한 감각이 위험 신호를 보내고 있었다. 전혀 경험해보지 못한 이상한 느낌이 졸고 있는 혜미를 덮쳤다.

"안 돼!"

혜미는 소리를 질렀지만 입 밖으로 나오지 못하고 웅얼웅얼 잦아들 뿐이었다.

반쯤 잠에서 깬 혜미가 몸을 움직여 보려고 안간힘을 쓰고 있을 때였다.

허리 쪽에서 낯선 감촉이 느껴졌다.

차갑고 섬뜩한 느낌.

마치 누군가가 뒤에서 껴안는 것 같았다. 그런 뒤 혜미의 몸이 의자 위에서 붕 떠올랐다. 적어도 혜미에게는 그런 느낌이었다. 혜미는 발버둥 쳤다. 섬뜩한 느낌의 그 손이 혜미의 허리를 놓았다.

털썩!

혜미는 그대로 떨어지며 잠에서 깨어났다.

"꺅!"

혜미는 비명을 질렀다.

"뭐야?"

"혜미야. 무슨 일이야?"

혜미의 비명에 가족들이 달려왔다.

"방금…… 방금 이 방에 누가 있었어!"

겁에 질린 혜미가 속삭였다.

"뭐?"

놀란 아빠와 남동생이 당장에 집 안을 다 뒤졌지만 당연히 아무런 흔적도 나오지 않았다.

그날 밤 혜미는 엄마와 함께 잠자리에 들었지만 좀처럼 잠을 이룰 수 없었다. 그 느낌이 너무나 생생했다.

누군가가 뒤에서 허리를 껴안아 들어 올리는 느낌.

'이런 게 가위 눌린다는 걸까?'

혜미는 가위 눌림을 처음으로 경험했다. 그 충격이 상당했다.

그 후로 또 며칠간은 아무 일도 없이 지나갔다. 문제는 일주일 후에 터졌다.

혜미는 비교적 일찍 잠자리에 들었다. 첫 번째 가위 눌림 이후 몸이 계속 좋지 않았다. 몸살에라도 걸린 것처럼 온몸이 나른하고 무거웠다. 멍하니 앉아서 딴생각을 할 때도 많았다.

중간고사는 완전히 망쳤다.

혜미는 자기가 이상하다는 걸 자각하고 있었다. 정신을 딴 곳에 두고 다니는 것 같았다. 몇 번이나 마음을 다잡으려 했지만 쉽지 않았다.

그날 밤도 컴퓨터 앞에 그저 앉아만 있다가 일찍 잠자리에 누운 것이다. 친구들의 연락도 며칠째 씹고 있었다. 모든 게 다 귀찮게만 느껴졌다.

침대에 눕긴 했지만 쉽게 잠들지는 못했다. 뒤척이던 혜미는 문득 쌀쌀하다는 느낌을 받았다.

찬 공기가 방 안을 떠도는 것만 같았다. 혜미는 이불을 끌어당겨 턱까지 덮었다.

'너무 추워.'

그래도 쌀쌀함은 가시지 않았다.

'차라리 그냥 일어날까?'

잠이 들면 또다시 가위에 눌릴 것만 같았다. 하지만 곧 수마가 밀려왔다. 갑자기 참을 수 없이 잠이 쏟아졌다.

'안 돼…….'

혜미는 점점 잠에 빠져들면서도 속으로 중얼거렸다.

'안 돼…….'

소용이 없었다. 한번 쏟아지기 시작한 잠은 혜미의 의식을
깊고 깊은 늪으로 끌고 내려갔다.

그리고 곧 혜미는 움직일 수가 없었다. 지난번과 똑같았다.
온몸이 딱딱하게 굳었다. 움직일 수 있는 건 눈뿐이었다.

어둑한 방 안 풍경이 고스란히 보였다.

"으으으."

혜미는 신음을 흘렸다.

그 소리조차 밖으로 새어 나오지 않았다.

똑.

딱.

똑.

딱.

시계의 초침 소리가 이상할 정도로 크게 들렸다.

휘익.

뭔가 차갑고 섬뜩한 기운이 방 안으로 들어왔다.

"으윽."

아무리 용을 써봐도 몸을 움직일 수 없었다.

스윽.

누군가가 자신을 내려다보고 있는 듯한 느낌이 들었다. 서
늘한 시선이 느껴졌다. 하지만 보이지는 않았다.

휘익.

그 차가운 기운이 혜미의 머리 쪽에서 몸 쪽으로 이동했다. 혜미는 안간힘을 쓰며 일어나려고 했다.

"으으!"

비명이라도 지르고 싶었지만 그마저도 할 수 없었다. 몸에 무언가가 닿았다. 깜짝 놀랄 정도로 차가운 감촉이었다.

등 뒤와 허벅지 쪽으로 그 감촉이 파고들었다. 그러더니 혜미를 둥실 안아 올렸다. 혜미는 두려움에 사로잡혀 부들부들 떨었다.

몸이 위로 올라갔다.

'사, 살려줘!'

그 소리가 목구멍에 걸려 밖으로 튀어 나가지 않았다.

빙글.

보이지 않는 그 존재는 혜미를 안아 올린 뒤 그대로 반 바퀴를 돌렸다. 몸이 획 돌아갔다. 혜미는 사력을 다해 발버둥쳤다.

그제야 몸이 조금 움직이기 시작했다.

"안 돼."

목소리도 나왔다.

"안 돼!"

혜미는 힘껏 소리를 질렀다.

그때였다.

쿵!

그 존재가 혜미를 놓아버렸다. 혜미는 침대 위로 떨어지는 것과 동시에 비명을 질렀다.

"꺅!"

다시 한번 더 크게.

"꺄악!"

집 안이 또 한번 난리가 났다. 가족들이 혜미 방으로 우르르 몰려왔다. 혜미는 엄마를 보자마자 울음을 터트렸다.

"엄마…… 지금 어떤 사람이 날 안아서……."

혜미의 설명을 들은 가족들은 모두 충격을 받았다.

"이사 가자. 아빠. 우리 제발 딴 집으로 이사 가자. 여기 너무 이상해!"

혜미는 울면서 그렇게 말했다.

"혜미야. 지금 당장은 곤란해. 그리고 그냥 가위 눌린 걸 수도 있잖아. 조금만 더 참아보자. 알겠지?"

아빠가 곤란한 표정을 지으며 말했다.

"우리 혜미 약이라도 좀 지어 먹여야겠어요. 몸이 약해졌나 봐요."

엄마가 말했다.

혜미는 엄마와 아빠를 원망스러운 눈빛으로 바라봤다. 두 사람 다 평범한 가위 눌림 정도로만 생각하고 있는 것 같았다.

혜미는 미칠 것만 같았다.

"난 지금 죽을 지경이야! 어떻게 좀 해봐."

"알았어. 아빠가 내일 당장 알아볼게."

결국 아빠가 한발 물러섰다.

혜미도 자기 말이 얼마나 무리한 요구인지 알았지만 도저히 견딜 수가 없었다.

결국 그날 밤은 뜬눈으로 새웠다. 다음 날도 마찬가지었다. 혜미는 학교에도 가지 못하고 집에만 틀어박혀 있었다.

엄마가 부랴부랴 한약을 지어 왔다. 아빠는 부동산에 연락을 하는 것 같았다.

'그래, 조금만 참자. 조금만······.'

사흘이 흘렀다.

혜미는 그사이 한숨도 자지 못했다. 커피를 마시면서 억지로 잠을 쫓았고 밤이 되면 TV 앞에 멍하니 앉아 있었다. 못 자는 고통보다 가위 눌림에 대한 공포가 더 컸다.

두 번째 가위 눌림으로부터 나흘이 지난 밤.

다른 가족들은 모두 잠에 빠져들었고 역시 혜미만 깨어 있었다. 하지만 한계였다. 너무나 잠이 몰려왔다. 도저히 견딜 수가 없었다. 침대에 눕고 싶었다. 편히 한숨을 잘 수만 있다면 소원이 없겠다 싶었다.

혜미는 잠시 망설이다가 방 안으로 들어갔다. 불을 켜놓은 채로 침대에 누웠다. 혜미는 눕자마자 잠에 빠져들었다.

얼마나 잤을까, 설핏 잠에서 깨어났다.

방 안이 어두웠다.

'내가 언제 불을 껐지?'

기억나지 않았다.

'다시 불을 켜야 해.'

혜미는 그런 생각을 하며 몸을 조금 일으켰다.

그 순간 느낌이 왔다.

'가위!'

지난번과 똑같이 온몸이 통나무처럼 딱딱해졌다. 움직일 수 있는 것은 오직 하나, 눈뿐이었다.

'아아!'

혜미는 절망에 찬 신음을 흘렸다.

그때였다.

발 아래쪽에 누군가가 있었다. 몸을 잔뜩 웅크린 채 침대에 올라앉아 있었다.

'누, 누구!'

미처 놀랄 틈도 없이 그것이 엉금엉금 기어서 혜미의 몸 위로 올라왔다.

'남자다!'

혜미는 본능적으로 느꼈다. 그것은 남자였다. 시커먼 형체

뿐이었지만 확실히 느낄 수 있었다. 그 남자가 발부터 다리, 허벅지, 그리고 배를 더듬으며 점점 위로 올라왔다.

"으으."

혜미는 신음을 쏟아냈다. 미치도록 두려웠다. 남자는 두 팔로 혜미의 몸을 짚으면서 올라왔다. 남자의 얼굴과 혜미의 얼굴이 딱 마주쳤다.

시커먼 형체가 물끄러미 혜미를 내려다보고 있었다.

차갑고 섬뜩한, 바로 그 시선이었다.

'안 돼. 안 돼!'

혜미는 자기 혀를 깨물었다. 정신이 번쩍 들면서 말문이 트였다.

"꺄······."

혜미가 비명을 지르려고 입을 크게 벌릴 때였다.

남자가 혜미의 입 안으로 손을 쑥 집어넣었다. 그러고는 혜미의 혀를 눌렀다. 혜미는 소리를 지를 수 없었다.

"윽! 윽!"

신음을 내뱉으며 발버둥을 칠 뿐이었다.

그 순간 방의 불이 환하게 켜지며 남동생의 목소리가 들렸다.

"누나. 무슨 일이야? 누나!"

혜미는 정신을 잃었다.

몇 분 후 깨어난 혜미는 자신에게 일어난 일을 모두 말했다.

엄마는 비틀거리다가 아예 주저앉아 버렸다.

아빠가 관자놀이를 문지르며 말했다.

"내가 좀 알아봤는데…… 여기서 사건이 있었던가 봐. 원래 여기 살던 사람 중에 자살한 사람이……."

"아이고."

엄마가 한숨을 내쉬었다.

"아빠. 우리 이사 가요. 이번에 내가 화장실 가던 길에 누나 목소리를 못 들었다면 큰일 나는 거였어요."

남동생까지 거들고 나섰다.

"그래. 가자, 이사."

결국 아빠가 고개를 끄덕였다. 혜미네 가족은 이사를 결정 했다. 새집을 얻기까지 혜미는 거실에서 지냈다. 다시는 자기 방에 들어가지 않았고 그날 이후로 가위 눌리는 일도 없었다.

한 달 후 혜미는 이사를 갔다. 혜미는 여전히 예민한 사람으로 살아갔지만 다시 가위에 눌리지는 않았다.

귀신을 본다거나 비슷한 것들에 시달리는 일도 없었다.

다만 한 가지만은 신경을 썼다.

서늘한 기운이 감도는 곳에서는 오래 머물지 않았다.

그것이 혜미의 철칙이 되었다.

11

외로운 아이 부르기

어두운 교실에 세 명의 아이들이 모였다. 아이들은 흥분한 표정이었다.

"경비 아저씨가 오시기까지 한 시간 정도 남았어. 서둘러야 해."

승호가 말했다.

"한 시간이면 충분해. 진짜 필요한 질문은 하나씩만 할 거니까."

연희가 나머지 두 사람을 보며 말했다.

"그런데 정말로 될까?"

동완이 고개를 갸우뚱하며 물었다.

"된대. 옆 반 민지도 해봤대."

연희의 말에 나머지 두 명은 고개를 끄덕였다.

세 명 모두 중학생이었다. 중학교 2학년. 학원을 빼먹은 다음 몰래 학교로 숨어들었다. 괴담처럼 떠도는 '그것'을 해보기 위해서였다.

외로운 아이 불러내기.

'외로운 아이 불러내기'는 해가 지고 난 후 학교에서 해야 효과가 있다.

"그럼 해볼까?"

연희가 가장 적극적이었다.

연희는 빨간색 사인펜을 꺼내 책상 위에다가 커다란 동그라미를 그렸다. 그러고는 동그라미를 반으로 나누는 직선을 그었다. 동그라미의 오른쪽에서는 'O'를, 왼쪽에는 'X'를 적어 넣었다.

이제 밑그림은 다 그렸다. 준비는 의외로 간단했다.

"지금부터가 진짜구나."

승호가 마른침을 삼키며 말했다.

지금부터가 진짜였다.

연희는 두 사람을 바라보며 자그마한 문구용 칼을 꺼냈다.

드르륵.

칼날을 빼는 소리가 유독 크게 들렸다.

분명히 어두운 교실 안에 있는데도 칼날은 이상할 정도로 반짝였다. 세 명의 아이들은 칼날을 보고는 겁에 질린 표정을 지었다.

"으으. 난 못 하겠어."

동완이 말했다.

"그런 게 어디 있어? 여기까지 왔으면 해야지."

연희가 눈을 번뜩이며 말했다.

"연희 말이 맞아. 우리도 꼭 하고 싶었잖아."

승호가 동완의 어깨를 두드렸다. 동완은 벌벌 떨면서도 고개를 끄덕였다. 그러고는 자신의 손을 내밀었다.

"그, 그럼 나부터 해."

연희는 고개를 끄덕인 후 동완의 손을 향해 칼날을 들이밀었다. 동완이 움찔했다. 연희는 얼굴을 찡그리면서도 망설이지 않고 동완의 손바닥을 칼로 그었다. 섬뜩한 고통이 동완의 손바닥을 타고 온몸으로 퍼졌다.

"아!"

동완이 신음 소리를 냈다.

"쉿!"

승호가 주위를 둘러보며 말했다.

동완의 손바닥에서 피가 몽글몽글 샘솟았다.

"빨리!"

연희가 동완의 손을 잡고 동그라미 가운데로 끌었다.

"피를 흘려."

동완은 동그라미의 가운데를 향해 손을 기울였다.

뚝.

뚝.

핏방울이 떨어졌다.

"잘했어. 다음엔 너."

연희가 승호를 향해 말했다. 승호 역시 손바닥을 내밀었다. 연희는 이번에도 망설이지 않았다.

그렇게 나머지 두 사람까지 동그라미의 가운데 부분에 자신의 피를 떨어뜨렸다. 세 사람의 피는 점점 섞여 들면서 책상 전체로 퍼져 나갔다.

"됐어. 이제는 주문이야."

연희, 승호, 동완은 동그라미 위에서 손을 마주 잡았다.

"외로운 아이야."

연희가 입을 열었다.

"외로운 아이야."

외로운 아이를 부르는 연희의 목소리가 교실 안에 조용히 울려 퍼졌다.

"우리 피를 줄게. 우리 피를 줄게. 이 피를 마시고 우리랑 놀아주렴."

세 사람은 손을 잡은 채로 동그라미 위에서 빙글빙글 세 번을 돌렸다.

"우리랑 놀면 외롭지 않아."

이번에는 반대로 세 번을 돌렸다.

"외로운 아이야. 왔으면 신호를 보내줘."

연희가 그렇게 말했을 때였다.

책상이 덜컹 움직였다.

"와, 왔다!"

동완이 움찔 놀라며 말했다. 연희가 눈짓으로 조용히 하라는 신호를 보냈다.

"외로운 아이야. 우리가 질문을 해도 되니?"

연희가 물었다.

스윽.

세 명의 손이 동그라미의 오른쪽으로 움직였다.

된다는 뜻이었다.

연희가 눈을 빛내며 두 아이를 바라봤다.

"고마워. 외로운 아이야. 그럼 내가 질문을 할게."

연희가 말했다.

교실은 끔찍할 정도로 어둡고 조용했다.

"이번 시험에 내가 커닝한 거 누가 선생님한테 일렀어? 순미니?"

스윽.

세 사람의 손은 'X' 쪽으로 움직였다.

"그럼 미현이?"

다시 X.

"도희구나?"

연희가 큰 소리로 물었다.

스윽.

이번에는 O.

"맞았어. 역시 도희 그 계집애였어! 가만 안 돼. 뻔뻔한 얼굴로 자기가 한 게 아니라고 하더니."

"조용히 좀 해."

승호가 말했다. 연희는 입을 샐쭉 내밀었다.

"이제 내 차례야."

승호는 숨을 한 번 크게 쉰 후 동그라미를 뚫어져라 바라봤다.

"빨리 해. 나 손 아파."

동완이 울상을 지으며 말했다.

"알았어. 그리고 너희들. 여기서 한 이야기는 절대 비밀이다. 알겠지?"

승호가 두 아이를 향해 말했다. 연희와 동완은 고개를 끄덕였다.

"외로운 아이야. 내가 질문할게. 혜미…… 3반의 혜미가 누굴 좋아하니? 철민이?"

외로운 아이의 대답은 X.

승호는 상기된 표정으로 또 물었다.

"그럼 윤호?"

이번에도 대답은 X.

"혹시 나?"

승호가 조심스레 물었다.

스윽.

손은 'O' 쪽으로 움직였다. 승호의 얼굴이 확 밝아졌다.

"그랬구나! 좋았어. 다행이다."

"너 혜미 좋아하는 거였어?"

연희가 물었다. 승호는 쑥스러운 듯 천천히 고개를 끄덕였다.

"이, 이제 내 차례야."

동완이 나섰다.

"알았어. 질문 잘해야 돼. 하면 안 되는 질문도 기억하고 있지?"

연희가 물었지만 동완은 건성으로 고개를 끄덕였다.

그러고는 서둘러 입을 열었다.

"외로운 아이야, 외로운 아이야. 너 진짜로 있는 거 맞니? 넌 어떻게 죽었니? 죽었는데 어떻게 다시 나타났니?"

"야! 그런 질문을 하면 어떡해? 하면 안 된다고 했잖아."

연희가 깜짝 놀라서 목소리를 높였다.

"뭐 어때? 어떤 질문이든 해도 된다고 했잖아."

"미쳤어? 외로운 아이는 예민해서 자기에 관해서 물으면 화를 낸다잖아."

"외로운 아이야. 너 화났니?"

동완이 물었다.

"야!"

"거봐. 아무 말도 안 하잖아."

스윽.

세 명의 손이 저절로 움직여 'O' 쪽으로 갔다.

아이들은 동시에 움찔했다. 책상이 덜컹거렸다. 마치 누군가가 책상을 움직이고 있는 것 같았다.

보이지 않는 누군가가.

"화, 화났어."

승호가 더듬거리며 말했다.

"미안해. 나, 난 그냥……."

동완이 당황하며 손을 놓으려고 했다.

"안 돼! 이대로 끝내면 외로운 아이가 따라온댔어."

연희가 손을 꽉 잡았다.

"그게 무슨 소리야? 싫어! 난 그냥 갈래. 이런 것도 안 믿어. 나, 난 그냥 호기심에⋯⋯."

동완이 강하게 손을 잡아 뺐다. 그러면서 책상을 쳤다. 가운데 부분에 절묘하게 고여 있던 핏방울이 사방으로 튀었다.

"야! 이러면 진짜로⋯⋯."

"잠깐!"

승호가 연희의 말을 가로막았다.

"왜?"

동완이 떨면서 물었다.

"누가 오고 있어. 경비 아저씬가 봐."

승호가 말했다. 그 말대로 누군가 다가오고 있었다. 복도에서 발자국 소리가 들렸다.

"빨리 숨자."

연희가 책상 밑으로 기어 들어갔다. 승호와 동완도 각각 다른 책상 밑으로 들어갔다.

경비 아저씨가 교실 안까지 들어오지는 않을 것이다. 그저 복도를 돌기만 할 것이다. 승호는 제발 그러기를 바라며 숨을 죽였다.

자박.

자박.

발소리는 작았다.

자박.

자박.

점점 더 가까워졌다.

뚝.

교실 앞에서 발소리가 멈췄다.

드르륵.

교실 문이 열렸다.

경비 아저씨가 들고 있어야 할 손전등 불빛 대신 낯설고 차가운 기운이 교실 전체로 퍼져 나갔다.

승호는 연희를 힐끔 바라봤다. 연희 역시 승호를 봤다. 두 사람의 눈빛 속에는 공포와 의문이 동시에 떠올라 있었다. 두 사람은 동완에게로 고개를 돌렸다. 동완은 와들와들 떨고 있었다.

"나랑 놀아줘."

차디찬 목소리가 들렸다. 아이인지 어른인지, 남자인지 여자인지 분간이 가지 않는 목소리였다. 다만 그 목소리에 외로움과 분노가 가득 들어 있다는 사실은 아이들도 충분히 느꼈다.

뼈저리게.

"나랑 놀아줘."

다시 한번 소리가 들렸다.

승호는 연희에게서 들었던 이야기를 떠올렸다. 외로운 아이에게는 질문을 잘해야 한다. 외로운 아이를 의심하면 화를 낸다. 외로운 아이를 놀리면 찾아온다. 찾아와서는, 자기가 사는 세계로 끌고 간다.

자박.

자박.

발소리가 세 사람이 숨어 있는 책상 쪽으로 점점 가까워졌다. 승호는 손톱을 물어뜯었다. 미칠 것 같은 공포가 몰려왔다.

외로운 아이는 진짜였다!

그 사실을 이제야 확실히 깨달았다. 그저 짜릿한 장난 정도로 생각했다. 아니, 어쩌면 진짜였으면 하는 마음이 컸을지도 모른다.

혜미가 누구를 좋아하는지 알아내는 것은 그만큼 중요한 일이었다.

하지만…….

내가 손을 움직이지 않았다고 말할 수 있을까?

승호는 짧은 순간 스스로에게 질문을 던졌다.

연희 역시 자기가 원하는 쪽으로 손을 끌어당기지 않았다고 말할 수 있을까?

승호는 머릿속이 혼란스러웠다.

그렇다면 저기서 걸어오는 '저것'은 무엇인가?

"나랑 놀아줘."

분노가 가득 담긴 목소리가 차가울 정도로 선명하게 들렸다. 인간이 내는 소리가 아니었다. 이 세상에서 들릴 만한 소리도 아니었다.

자박.

자박.

소리는 승호가 있는 쪽으로 가까워졌다. 승호는 책상다리를 꽉 잡고 비명이 터져 나오려는 걸 간신히 참았다.

연희를 봤다. 연희는 입을 꾹 다문 채로 고개를 가로저었다. 외로운 아이는 소리를 내는 사람을 데리고 가.

연희가 했던 말이 또다시 생각났다.

"나랑 놀아줄 사람 어디 있어?"

외로운 아이가 물었다.

어디 있어?

어디 있어?

어디 있어?

"여기 있구나!"

외로운 아이가 승호가 숨은 책상 밑으로 고개를 쑥 들이밀었다. 외로운 아이와 승호의 눈이 마주쳤다.

뻥 뚫린 눈알이 승호를 바라봤다. 새빨간 입술이 길게 찢어지며 웃음을 만들어냈다.

승호는 자기 입을 틀어막았다.

그 순간, 책상이 뒤집어지며 소리가 들렸다.

"으아악!"

두려움을 참지 못한 동완이 비명을 내질렀다.

"찾았다!"

외로운 아이가 동완을 향해 달려갔다. 승호는 눈을 꽉 감고 귀를 막았다.

동완의 비명 소리가 계속 울려 퍼졌다. 무언가를 질질 끌고 가는 듯한 소리도 들렸다.

잠시 후, 모든 소리가 사라졌다. 남은 것은 차가운 공기뿐이었다. 승호는 책상 밑에서 기어 나왔다. 연희도 고개를 내밀었다.

"없어. 동완이가…… 동완이가."

동완은 사라졌다.

외로운 아이가 끌고 가버렸다.

"우리들은 여기 온 적도 없는 거야."

연희가 책상 위에 그려진 동그라미를 박박 닦으며 중얼거렸다. 승호는 고개를 끄덕였다. 그러면서 순간 섬뜩한 느낌을 받았다.

슬프지 않았다. 충격적이지도 않았다. 다만 내가 아니라서 다행이라는 생각은 들었다. 승호는 말없이 연희를 돕기 시작했다.

두 사람은 열심히 책상을 닦았다. 마치 과거를 지우듯이.

동완은 사라지고 없었다.

영원히.

12

자유로 귀신

"자유로 귀신이라고 들어봤어?"

한밤중의 도로에서 여자가 남자에게 물었다. 두 사람이 탄 차는 막 자유로로 접어드는 참이었다.

두 사람은 오늘 처음 만났다. 홍대의 유명 클럽에서였다. 남자가 헌팅에 성공한 것이다. 여자는 혼자 산다며 파주에 있는 자기 집까지 같이 가자고 이야기했다.

근처 모텔에서 적당히 즐기려던 남자는 조금 망설였다. 파주라니…… 조금은 멀다 싶었다.

"모텔은 어때?"

남자가 묻자 여자는 고개를 저으며 대답했다.

"난 거기 침구 같은 게 더러워서 싫어. 그렇다고 호텔에 데려다줄 건 아니잖아?"

맞는 말이었으므로 남자는 고개를 끄덕일 수밖에 없었다. 그렇다고 여자를 그냥 놓치기는 싫었다. 여자는 제법 미인이었고 몸매도 꽤 좋았다. 성격도 사근사근하고 말도 잘 통했다.

"파주까지 자유로 타면 금방이잖아. 어때?"

여자가 은근한 미소를 지어 보이며 말했다.

"오케이. 알았어."

남자는 이내 승낙했다.

그렇게 해서 두 사람은 남자의 차를 타고 파주로 향하고 있었다.

"자유로 귀신? 당연히 들어봤지. 근데 갑자기 왜? 무서운 이야기라도 하려고?"

남자가 여자에게 물었다.

"무서운 이야기 싫어해?"

"아니, 딱히 싫어하는 건 아니지만……."

"무서워하는구나!"

"아니야. 난 귀신 같은 거 믿지도 않고 무서워하지도 않아."

남자는 창문을 열며 말했다.

시원한 밤바람이 제법 상쾌했다. 술은 조금밖에 마시지 않았지만 그래도 음주 운전은 음주 운전이었다. 남자는 시원한 바람에 취기가 날아가길 바랐다.

"그럼 뭘 무서워해?"

여자가 다시 물었다.

"딱히 없어."

"술 마시고 운전 잘하는 거 보니까 경찰도 별로 안 무서워하는 것 같고."

여자가 살짝 웃으며 말했다.

"에이, 취하지도 않았다. 게다가 평일 저녁이라 음주 단속도 없을 거야. 걱정하지 마."

"그럼 내가 무서운 이야기 해도 괜찮아?"

"무서운 이야기? 자유로 귀신 말하는 거야? 그거 다 뻥이잖아."

남자가 픽 웃으며 말했다.

"아니야. 내 친구가 직접 봤대."

여자가 사뭇 진지한 표정으로 말했다.

"뭐? 에이. 거짓말."

"내가 거짓말한다는 거야?"

"너 말고 네 친구."

"걘 그런 거짓말 할 애가 아니야."

"그럼 진짜로 귀신을 봤다고? 자유로 귀신을?"

"그렇다니까! 자세히 얘기해줘?"

"해, 해봐."

여자가 워낙 단호하게 나와서 남자는 적잖이 당황했다. 남자는 원래 허황된 이야기를 그리 좋아하지 않았다. 귀신을 믿지도 않았고 그런 이야기에 매력을 느끼지도 않았다.

하지만…….

여자가 이야기를 한다는데 굳이 말리고픈 생각은 없었다. 솔직히 말하자면 살짝 졸음이 몰려오는 중이었다. 여자가 재잘재잘 떠들어준다면 졸음을 쫓기에도 좋을 것 같았다.

"내 친구가 자유로를 달리고 있었어. 지금처럼 꽤 늦은 밤이었대. 도로에는 차가 별로 없었고 덕분에 쌩쌩 달릴 수 있었지."

여자는 이야기를 시작했다.

"파주에 사는 친구야?"

"응. 파주에 살아."

"같은 동네 친구구나."

"그런 셈이지."

"그래서 어떻게 됐는데?"

"친구는 라디오를 켠 채로 달리고 있었지. 전방을 주시하면서. 그런데……."

"귀신이 나타났구나!"

"에이. 김빠지게 하지 마."

"미안. 미안. 내가 잘못 끼어들었네."

여자는 살짝 토라진 표정을 지었다. 그러자 또 아기 같은 귀여움이 묻어났다.

"그만할까?"

여자가 퉁명스러운 목소리로 물었다.

"아니야. 계속해줘. 듣고 싶어."

"알았어. 그럼 계속한다."

"그래."

"전방을 주시하면서 달리고 있었어. 그런데 저만치 앞에 머리카락이 긴 여자가 보이더래. 여자는 자유로 가에서 손을 흔들고 있었다는 거야."

"차를 태워 달라고?"

"친구는 그렇게 이해했대."

"그래서?"

"같은 여자 입장에서 걱정이 되기도 하고 무슨 일인지 궁금하기도 해서 친구는 천천히 차를 세웠나 봐."

"그때까지 이상한 점은 없었고?"

"아까도 말했지만 여자는 긴 생머리에 트렌치코트를 입고 있었어. 이상한 점이라면……."

여자는 충격 효과를 기대하는 듯 말끝을 길게 끌었다. 남자는 여자가 무슨 말을 할지 알고 있었지만 입을 다물었다. 이번에는 흥을 깨고 싶지 않았다.

"……한밤중인데 선글라스를 끼고 있었다는 거야."

"선글라스?"

남자는 모르는 척 물었다.

"응! 선글라스. 이상하지?"

"그러네."

"친구는 여자에게 무슨 일인지 물어봤대. 그러니까 여자가 저기 자유로 끝까지만 차를 좀 태워줄 수 있느냐고 그랬대. 친구는 알겠다고 했지."

"그래서 여자가 탔어?"

"여자는 뒷좌석 쪽으로 갔는데 친구가 마침 사이드미러로 그걸 본 거야. 그런데…… 트렌치코트 아래쪽으로 보여야 할 여자의 다리가 안 보이더래."

여자의 목소리가 조금씩 잠겼다. 남자도 덩달아 긴장하기 시작했다. 지금까지 들어왔던 자유로 귀신 괴담과는 분명히 달랐다. 한 연예인이 TV에 나와서 이야기할 땐 그저 스쳐 지나며 본 정도였는데 검은색 선글라스는 사실 뻥 뚫린 눈알이었고…….

여자의 이야기는 계속됐다.

"그걸 본 순간 친구는 정신이 확 든 거야! 그래서 자동차 문 잠금 버튼을 다시 확 눌러 버린 거지. 철컹하는 소릴 듣더니 그

머리카락 긴 여자가 운전석 쪽을 노려봤대. 내 친구는 그때 또 한번 깨달았어. 시커먼 선글라스를 끼고 있는 게 아니라 눈구멍이 뻥 뚫려 있다는 걸."

"그래서 어떻게 했어?"

"어떻게 하긴. 바로 액셀을 밟았지. 거의 본능적이었어. 두 번 생각할 것도 없었지. 그런데 그 긴 머리 여자가 차 옆에 부딪친 거야. 쿵, 하는 소리가 들릴 정도였지."

"귀신인데 쿵 소리가 들렸다고?"

남자가 물었다.

"소리뿐만이 아니야. 차에 뭔가가 부딪치는 진동까지 생생하게 느꼈어. 놀라서 사이드미러를 다시 보니까 그 여자가 길거리에 쓰러져 있는 거야!"

"뭐야? 그럼 사람이었단 거야?"

남자는 아까부터 이야기가 이상하게 흐른다는 느낌을 받았다. 분명 뭔가가 이상한데 그게 뭔지 콕 짚어서 이야기할 수 없었다.

분명 뭔가가 이상한데…….

"뭐가 뭔지 알 수가 없는 상황이었지. 일단은 차를 멈추고 몇 십 미터 뒤에 쓰러져 있는 여자를 사이드미러로 계속 쳐다보고 있었어. 그랬더니 여자가 조금씩 꿈틀거리는 거야. 순간, 큰일 났구나 싶었지. 귀신인 줄 알았지만 사람이었구나, 내가 실수를 했구나, 이 생각을 한 거야. 잠깐 망설이다가 후진으로 다시 여자한테 다가갔어."

"그 여자는 여전히 꿈틀거리고 있었고?"

여자는 고개를 끄덕였다.

"맞아. 그래서 더 겁이 났어. 차에서 쉽게 내리지 못한 건 겁이 났기 때문이었어. 사실 그때…… 회식 후 술이 덜 깬 상태로 운전을 하고 있었거든. 신고를 하면 여러 가지 이유로 끝장나는 상황이었던 거야."

"저런……."

남자는 안타깝다는 생각을 하면서도 석연치 않은 느낌을 지울 수 없었다.

"꿈틀거리던 여자는 이제 조용해졌어. 더 이상 움직이지 않는 거야. 차에서 내릴까 망설이다가 그대로 다시 출발해버렸어. 목격자도 없었고…… 무엇보다 도저히 감당할 자신이 없었거든."

여자의 목소리가 떨렸다.

남자는 여자를 힐끗 바라봤다. 창문으로 바람이 들어오는데도 여자는 이상할 정도로 땀을 흘리고 있었다.

"혹시 그 이야기……."

남자는 조심스레 입을 열었다.

"그래."

여자가 냉큼 대답했다.

"내 이야기야. 친구 이야기가 아니라 내 이야기라고."

"저, 정말? 그럼 진짜로 뺑소니를 친 거야?"

여자는 고개를 푹 숙이더니 어깨를 들썩거렸다.

우는 건가?

남자는 걱정스레 여자를 돌아봤다.

"크크."

여자가 갑자기 웃음을 터트렸다.

"뭐야?"

"속았지? 크크. 설마 진짜로 믿었어?"

"거짓말한 거야? 처음부터?"

"하하하. 생각보다 순진하구나."

여자는 손뼉까지 치며 웃어댔다.

남자는 살짝 기분이 상했다.

"나 이런 거짓말⋯⋯."

남자가 거기까지 말했을 때였다. 갑자기 여자의 눈이 커졌다. 남자는 여자의 시선을 따라 전방을 향해 고개를 돌렸다.

저 멀리 트렌치코트를 입은 여자가 서 있었다. 검고 긴 머리카락을 휘날리며 선글라스를 낀 채. 여자는 다가오는 차를 향해 손을 흔들고 있었다.

"뭐, 뭐야?"

놀란 남자가 운전대를 꽉 잡았다. 옆자리에 타고 있던 여자가 몸을 잔뜩 웅크렸다.

"빨리 지나가!"

여자가 소리쳤다.

"빨리 지나가라고!"

다시 한번.

남자는 자기도 모르게 가속 페달을 힘껏 밟았다.

부앙!

자동차가 거친 신음을 흘리며 앞으로 튀어 나갔다. 차는 순식간에 여자를 지나쳤다. 그 순간, 남자는 똑똑히 봤다.

뻥 뚫린 여자의 눈과 칼로 그어 놓은 듯 올라간 붉은 입술을.

그것은…… 사람이 아니었다.

"으아악!"

남자가 비명을 질렀다.

"이럴 리 없어. 이럴 리 없어. 내가 죽였는데…… 내가 죽였는데."

여자는 자기 머리카락을 쥐어뜯으며 마구 중얼거렸다.

남자는 사이드미러로 뒤쪽을 살폈다. 여자는 보이지 않았다.

"없어졌어."

남자가 숨을 가다듬으며 말했다.

그때였다.

쿵!

자동차 앞 유리에 여자가 나타났다.

"으악!"

남자는 운전대를 꺾었다.

앞이 보이지 않았다.

히히히!

귀신의 웃음소리가 똑똑히 들렸다.

콰쾅!

자동차는 가드레일을 들이받으며 도로를 굴렀다. 자동차는 형체를 알아볼 수 없을 정도로 찌그러졌다. 남자가 마지막으로 본 것은 자신을 뚫어져라 바라보는 여자의 뻥 뚫린 눈이었다.

히히히!

그 끔찍한 웃음소리가 계속해서 들렸다.

사고 현장에 경찰차와 구급차가 출동한 것은 10여 분 후였다. 경찰 두 명이 처참한 현장을 보며 얼굴을 찡그렸다.

"이번이 벌써 네 번쨉니다."

순경이 자신의 선임인 경사를 향해 말했다.

"그러게. 보나 마나 이번에도 음주 운전이겠지?"

경사가 말했다.

"네. 아까 안을 들여다보는데 술 냄새가 확 났습니다."

"아무리 음주 운전이라곤 하지만 한 달 사이에 같은 장소에

서 네 건의 사고가 나는 건 좀 이상하긴 하지."

"좀이 아니라 많이 이상합니다. 혹시……."

"혹시 뭐?"

"소문이 사실 아닐까요?"

"야! 너 대한민국 경찰이 돼 가지고 그런 걸 믿는 거야?"

"하지만 아까 경사님도 이상하다고……."

"그렇다고 귀신 이야길 할 건 아니지."

"경사님도 알고 계시지 않습니까? 자유로 귀신 이야기. 음
주 운전 차량이 사고를 내서 죽은 여자가 복수를 하는 거라고."

"어허. 너 어디 가서 그런 이야기 하고 다니지 마!"

"하지만……."

"빨리 현장 정리나 해."

"네."

순경은 못내 아쉬운 표정으로 물러났다.

기다렸다는 듯 구급대원 한 명이 경사를 향해 다가왔다.

"수고 많으십니다. 또 사고가 났네요."

"그러게 말입니다. 확인은 끝나셨습니까?"

"확인이고 뭐고 할 것도 없습니다. 즉사예요, 즉사. 술 냄새
도 확 나고. 음주 운전에 의한 운전 과실로 사고를 낸 거죠, 뭐.
사망자는 한 사람. 남성이고……."

"동승자는 없었던 모양이죠?"

"네. 없었습니다."

"네. 알겠습니다."

구급대원은 시체를 옮기기 위해 사고 차량으로 다시 다가 갔다.

경사는 쯧쯧, 혀를 찬 뒤 순찰차로 향했다.

"경사님! 방금 확인했는데 죽은 남자 표정이 정말……."

"표정이 왜?"

"뭘 보고 놀란 건지 눈을 이렇게 크게 뜨고는 입을 딱 벌리고 있는데, 꿈에 나올까 무섭습니다."

"넌 무슨 겁이 그리 많아? 정리 끝났으면 빨리 보고해."

"네!"

경사는 그렇게 말하고 먼저 순찰차에 올랐다.

바람이 불었다.

순경은 그 바람 부는 소리가 묘하게 웃음소리와 닮았다고 생각했다.

13

유괴

지수는 아영을 데리고 놀이공원에 갔다. 날씨가 좋은 봄날이었다. 놀이공원은 나들이를 나온 사람들로 몹시 붐볐다. 지수는 괜스레 주위를 두리번거렸다.

마음이 불편했다. 이상할 정도로 불안했다.

유모차에 앉은 아영은 사람들이 신기한지 보채지 않고 잘 놀고 있었다. 그나마 아영이 울지 않는 것만으로도 다행이라고 생각했다.

지수는 유모차를 밀고 공원을 돌아다녔다.

"어머. 예쁜 아기네."

사람들 몇 명이 아영을 보고 칭찬을 했다.

예쁜 아기…….

아영은 분명 예쁜 아기였다. 잘 놀고, 잘 먹고, 말썽도 피우지 않았다. 웃을 때는 마음이 스르르 녹을 만큼 귀여웠다.

지수는 생수를 한 병 산 뒤 공원 벤치에 앉았다. 아영은 지수가 들려 준 과자를 먹느라 정신이 없었다.

지수는 물을 마시고 조금 쉬기로 했다. 사람들이 많은 공원을 계속 돌고 있으니 저절로 진이 빠졌다.

"아이고. 아기가 예쁘네요."

문득 옆자리에서 목소리가 들려왔다. 지수는 고개를 돌렸다. 머리카락이 하얗게 센 할머니 한 명이 유모차를 들여다보고 있었다. 얼굴에 흐뭇한 미소가 떠올라 있었다.

"아. 네. 감사합니다."

지수는 어색하게 대답했다. 다른 사람들의 관심은 싫었다. 아영과 보내는 이 시간을 방해받고 싶지 않았다. 하지만 할머니는 그냥 물러설 생각이 없어 보였다.

"아기가 몇 살이야? 돌은 지난 것 같은데. 맞죠?"

할머니가 반말을 섞어 가며 물었다.

"네. 돌 지났어요."

지수가 대답했다.

"딸이지?"

"네."

"지금 먹고 있는 게 뭐야?"

"유아용 과자예요."

할머니는 지수가 건성으로 대답하는 걸 눈치채지 못한 듯 여전히 눈을 반짝이고 있었다.

"요즘은 이런 것도 나오는구먼. 내가 우리 아들 키울 땐 박상이 최고였는데. 박상이라고 아는가 모르겠네?"

"모르겠는데요."

지수가 일부러 무뚝뚝하게 대답했다.

"그 왜…… 쌀로 튀긴 건데, 아무튼 그런 게 있어요. 애들이 다 좋아했어! 요즘도 나오나 모르겠네."

지수는 아무 대답도 하지 않았다. 슬슬 일어나야 할 시간이었다.

"근데 아빠는 어떻게 하고 혼자서 이 사람 많은 델 왔나?"

할머니가 다시 물었다.

"아. 애 아빠는 일이 바빠서요."

"그래도 이런 곳에 둘이서만 오는 건 위험해요. 무슨 사고가 생길지도 모르는데."

"조심하고 있어요."

지수는 슬슬 짜증이 나기 시작했다.

"뭣하면 내가 함께 돌아다녀 줄까?"

할머니가 은근한 표정으로 물었다.

"어머! 아니에요. 지금 막 집에 돌아가려던 참이에요."

지수가 화들짝 놀라며 말했다.

"저런. 그랬구먼. 애가 예뻐서 좀 도와주려 했더니만 이제 가야 하는가 봐."

할머니가 아쉽다는 듯 입맛을 다셨다. 아무래도 그런 행동들이 수상쩍게 보였다. 지수는 벌떡 일어났다.

"그럼, 가볼게요."

"잠깐만!"

할머니가 지수를 불러 세웠다. 지수는 무시할까 하다가 슬그머니 멈춰 서서 할머니를 바라봤다.

"무슨 일이시죠?"

"여기 좀 앉아 봐. 내가 꼭 해줄 이야기가 있어."

할머니가 눈을 동그랗게 뜨고선 말했다.

"무슨 이야긴데요?"

지수는 핸드폰으로 시간을 확인했다.

"아주 중요한 이야기야."

시간은 조금 남아 있었다. 지수는 다시 벤치에 앉았다. 지금 할머니를 뿌리치고 그냥 가는 것도 어딘가 모양새가 좋지는 않을 것이다. 하릴없이 공원을 돌아다니느니 이야기를 들어보는 것도 나쁘지 않을 거라는 생각이 들었다.

"그럼 빨리 해주세요."

지수가 말했다.

"사실은…… 내가 뭘 좀 볼 줄 알아."

할머니가 말했다.

"본다고요? 뭘…….."

"앞날을 보지. 가까운 미래라고 할까."

"그게 무슨."

지수는 당황했다.

무당이나 뭐 그런 걸까?

속으로 생각하면서 할머니를 유심히 관찰했다. 그러고 보니 온통 검은색으로 차려입은 모습이 예사롭지 않았다.

"황당하겠지. 하지만 사실이야. 아주 잘 맞히는 편이거든."

"그래서요?"

"아까부터 이 아이를 보고 있었는데 아이 앞날이 어두워."

"네?"

"앞날이 어둡다니까. 앞이 보이지 않아. 캄캄해!"

"그, 그게 무슨 말씀이세요?"

지수는 다시 불안해졌다.

"아이가 큰일을 당할지도 몰라. 기분 나쁘게 생각하지 말고 들어."

"그러니까 그게 무슨 말씀인지 구체적으로 이야기해주세요!"

지수의 목소리가 커졌다.

"그건 말할 수 없어. 나도 그것까지 볼 수는 없어. 다만 아이를 잘 지켜보고 있으라고 말해주고 싶구먼."

헛소리다.

지수는 그렇게 생각했다. 노망 난 할망구가 아무렇게나 떠드는 말이다.

"됐어요!"

지수는 벤치에서 홱 일어났다. 더 이상 듣고 싶지 않았다. 아니, 들을 필요도 없었다.

"조심해!"

뒤돌아서서 걸어가는 지수를 향해 할머니가 다시 한번 말했다.

"조심하라고!"

지수는 고개를 돌려 할머니를 한 번 노려본 후 서둘러 발걸음을 옮겼다. 아영은 무슨 일이 일어났는지도 모른 채 박수를 치며 좋아하고 있었다.

지수는 유모차를 밀며 다시 놀이공원을 걸었다. 오후가 되면서 사람들 수는 더 늘어났다. 어딜 가나 사람으로 넘쳐났다. 유모차를 밀고 다니기가 힘들 정도였다. 시끄러운 음악 소리까지 더해지니 정신이 하나도 없었다.

지수는 슬슬 지쳐갔다. 아영도 지겨운지 칭얼거리기 시작했다.

아이가 울면 큰일이었다.

지수는 유모차를 빠르게 밀면서 사람들 사이를 억지로 빠져
나갔다.

"이잉."

아영이 우는 소리를 냈다.

"어어. 괜찮아."

지수는 아영을 달랬다. 과자를 계속 먹었으니 배가 고픈 건
아니고 아마 잠이 오거나 오줌을 쌌을 것이다.

지수는 아영의 기저귀를 확인했다. 괜찮았다. 천만다행이라
고 생각하며 지수는 아영을 데리고 원숭이 우리 앞으로 갔다.

아까도 아영은 원숭이들을 보며 좋아했다. 원숭이들은 많은
사람을 보고 흥분한 듯 우리 안에서 활발하게 움직였다. 아영
이 원숭이들을 보면서 웃음을 터트렸다.

됐다.

지수는 긴장이 풀리는 것을 느꼈다. 이제 시간은 얼마 남지
않았다. 조금만 더 버티면 된다.

두두둥!

놀이공원의 자랑거리인 퍼레이드가 시작됐다. 아영이 우렁
찬 음악 소리에 반응했다. 사람들이 한꺼번에 몰려들었다.

지수는 퍼레이드를 따라 유모차를 몰면서 이동했다. 목적지
는 시계탑이었다.

아영은 예상대로 퍼레이드에 정신이 팔려 더 이상 보채지 않았다.

수많은 사람들이 퍼레이드를 중심으로 쭉 늘어섰다. 음악 소리, 나팔 소리, 거기에 아이들의 외침까지……. 지수는 정신을 차리기가 힘들었다.

핸드폰이 부르르 몸을 떨었다. 맞춰놓은 알람이 울리기 시작한 것이다. 저만치 앞에 목적지인 높다란 시계탑이 보였다.

그곳까지만 가면 된다.

그곳까지만.

툭!

누군가가 뒤에서 지수의 어깨를 쳤다. 지수는 고개를 돌렸다. 늙수그레한 남자가 서 있었다. 처음에는 간이 철렁했지만 자세히 보니 평범한 남자였다.

남자가 지수를 향해 몇 마디를 했지만 주위가 너무 시끄러워 알아들을 수가 없었다.

"네?"

"…… 아닙니까?"

"뭐라고요?"

"이거 그쪽 지갑 아닙니까?"

남자가 빨간색 지갑 하나를 내밀었다.

"아닌데요."

지수의 지갑이 아니었다. 색깔도 달랐고 모양도 달랐다.

"잘 살펴보세요."

남자는 목소리가 무척 작았다.

"아니라고요."

지수가 신경질적으로 대답했다.

오늘은 이상한 사람이 왜 이리 많이 꼬이는 거야?

지수가 그렇게 생각하며 다시 고개를 돌렸을 때였다.

유모차가 없었다.

"어?"

지수는 얼빠진 소리를 내며 주위를 둘러봤다. 바로 앞에 있었던, 바로 앞에 있어야 할 유모차가 감쪽같이 사라졌다.

"유, 유모차!"

지수는 재빨리 주위를 둘러봤다.

없었다.

그 어디에도 지수가 밀고 다니던 초록색 유모차는 없었다.

아영도 사라졌다.

"뭐, 뭐지?"

지수는 남자가 서 있던 쪽으로 돌아섰다. 남자 역시 보이지 않았다. 순간 머릿속이 하얘지면서 오직 한 가지 단어만 떠올랐다.

유괴!

누가 아이를 훔쳐 갔다.

"비켜요!"

지수는 인파를 헤치며 앞으로 달렸다. 불과 몇 십 초가 흘렀을 뿐인데 유모차는 자취를 감추었다. 지수는 당황한 상태로 앞으로 달렸다가 걸음을 멈추고 다시 옆으로 달리기를 반복했다.

"안 돼!"

시계탑까지 달려갔지만 여전히 발견할 수 없었다. 지수는 비명을 지르고 싶은 걸 간신히 참았다. 그 순간 저 멀리서 얼핏 초록색 유모차가 보였다. 지수는 그곳으로 얼른 달려갔다. 사람들이 길을 터주지 않았다. 지수는 침이 바짝바짝 말랐다. 심장이 두방망이질 쳤다.

찾아야 해!

무슨 일이 있어도 찾아야 해!

지수는 절박했다. 아이를 잃어버릴 순 없었다.

절대로…….

사람들 틈을 헤집고 들어갔지만 유모차는 또다시 보이지 않았다. 재빨리 고개를 돌렸다. 누군가가 유모차를 밀고 있었다.

온통 검은색 옷을 입은 바로 그 할머니였다. 거리는 몇 십 미터 정도 떨어졌다.

지수는 무서운 기세로 달려갔다. 할머니를 놓치면 끝장이었다.

저 할망구가!

지수는 이를 바득바득 갈며 할머니를 따라잡았다. 할머니는 뒤뚱거리며 유모차를 밀고 있었다.

아영이가 울어댔다.

"거기 서!"

지수가 할머니의 어깨를 낚아챘다.

"헉!"

할머니가 기겁을 했다.

"아이 내놔!"

지수가 말했다.

"싫어. 안 돼!"

할머니가 입을 앙다물며 말했다.

"빨리!"

지수는 유모차에서 할머니의 손을 떼내려고 용을 썼다. 하지만 할머니의 힘은 예상외로 강했다. 유모차 손잡이를 쥔 손에 힘줄이 불거져 나왔다.

"이 미친 할망구가 왜 남의 애를……."

지수가 할머니를 향해 말했다.

주위 사람들이 무슨 일인지 궁금하다는 표정으로 몰려들었다. 지수는 순간 흠칫했다.

"아이고. 이 여자가 내 아이를 빼앗으려고 한다!"

갑자기 할머니가 큰 소리로 외쳤다.

"뭐, 뭐야?"

당황한 지수가 말을 더듬었다.

"좀 도와주세요. 이 여자가 내 손녀를 강제로 데리고 가려고 해요. 아이고!"

할머니가 다시 한번 소리를 쳤다.

"아, 아니야. 그 아이는……."

지수가 그렇게 말했을 때 할머니가 날카롭게 눈을 빛내며 말허리를 잘랐다.

"그 아이? 네년 아이가 아니고 그 아이?"

지수는 놀라며 한 발 뒤로 물러났다.

"내가 이상하다고 생각했지. 내 눈엔 다 보이거든."

"무슨 소리를……."

"너, 이 아이 유괴한 거지?"

할머니의 말에 지수는 부들부들 떨기 시작했다.

도망가야 해.

도망가야 하는데 사방이 사람들로 꽉 막혀 있었다.

"아이를 유괴했고 오늘 몸값을 받아내려고 했던 거지? 누가 모를 줄 알고!"

"아니야!"

지수는 그렇게 외치며 뒤로 돌아섰다. 건장한 체격의 남자가 지수의 앞을 막아섰다.

"찾았군!"

남자가 말했다.

지수의 눈이 커졌다.

"내가 호시탐탐 노리고 있었어. 네년이 한눈을 팔기를. 그런 뒤 이 아이를 구해냈지!"

할머니가 지수의 뒤에서 큰 소리로 외쳤다.

남자가 지수의 팔을 잡았다.

"당신을 아동 납치 및……."

지수의 귀가 멍하니 울렸다. 핸드폰의 알람이 다시 울어댔다. 몸값을 받기로 한 시간은 이미 지났다.

저 멀리서 한 여자가 달려오고 있었다.

이 아이, 아영이의 엄마였다.

지수는 천천히 무너져 내렸다. 뒤에서 할머니가 아영이를 달래는 소리가 들렸다.

까르르.

아영이의 웃음소리가 하늘 높이 울려 퍼졌다.

14
더블

건널목을 지나던 진수는 그 자리에서 얼어붙었다. 자신과 똑같이 생긴 사람이 반대편에서 걸어오고 있었다. 헤어스타일은 물론이고 이목구비가 판에 박은 듯 똑같았다. 심지어 옷도 비슷하게 입고 있었다.

진수는 앞서 걸어가던 사람 뒤편으로 재빨리 숨었다. 마주 오던 사람은 진수를 발견하지 못하고 건널목을 건넜다. 진수 역시 건널목을 건넌 후 가까운 편의점으로 도망치듯 들어갔다.

생수 한 병을 산 진수는 그 자리에서 벌컥벌컥 들이켰다. 시원한 물이 목구멍을 타고 내려갔다. 그제야 정신이 조금 들었다. 두방망이질 치던 심장도 차츰 진정이 됐다.

'벌써 두 번째다!'

그랬다. 자신과 똑같이 생긴 사람을 만난 것이 이번으로 벌써 두 번째였다.

일주일 전에도 같은 일이 있었다. 그때는 지하철이었다. 진수는 학교에 가려고 평소처럼 2호선 지하철을 타고 있었다.

지하철은 신도림역에 들어섰다. 서서 핸드폰을 들여다보고 있던 진수는 무심코 고개를 들었다.

그 순간 정체를 알 수 없는 위화감이 진수를 휘감았다.

'이 느낌은 뭐지?'

진수는 주위를 두리번거렸다.

그러다가 그 남자를 보게 되었다.

승강장에 서 있는 그 남자.

자신과 똑같이 생긴 그 남자를.

처음에는 뭐가 이상한지 알아채지 못했다. 그 남자에게 눈길이 갔지만 이상한 점은 발견하지 못한 것이다. 찰나의 순간이 지난 후, 진수는 그 남자가 자신과 상당히 닮았다는 사실을 깨달았다.

아니, 닮은 것이 아니라 똑같았다. 헤어스타일부터 이목구비까지 완전히 똑같았다.

그 사실을 깨달은 순간 팔뚝에 소름이 돋았다. 등허리를 타고 서늘한 기운이 올라왔다.

지하철 문이 열렸다. 그 남자는 진수를 발견하지 못한 채로 지하철을 타려고 했다.

'피해야 해!'

본능적으로 그런 생각이 들었다.

꺼림칙함 혹은 혐오감.

그 짧은 순간 진수의 머릿속을 가득 채운 것은 두 가지 감정이었다. 그리고 또 하나.

두려움.

똑같이 생긴 또 다른 자신을 보자마자 섬뜩한 두려움이 진수를 집어삼켰다. 진수는 두 번 생각하지 않고 다른 문을 이용해 지하철에서 내렸다.

지이잉.

지하철 문이 닫혔다. 진수는 식은땀을 흘리며 힐끗 뒤를 돌아봤다. 사람들 틈에 파묻혀 그 남자는 보이지 않았다.

하지만 쏘는 듯한 시선이 느껴졌다.

"히익!"

진수는 서둘러 승강장을 빠져나갔다.

그날 진수는 한참을 더 서성거린 후에 다시 지하철을 탔다. 덕분에 강의에 늦고 말았다. 그때의 기억이 되살아나자 진수는 몸이 떨렸다.

"괜찮으세요?"

편의점 아르바이트생이 걱정스러운 표정으로 물었다.

"아, 네네."

진수는 텅 빈 생수병을 버리고 편의점에서 나왔다.

오후의 햇살은 뜨거웠지만 진수의 떨림은 쉽게 멈추지 않았다. 진수는 상체를 숙인 채 고개를 길게 빼고 이리저리 둘러보며 걸었다. 혹시라도 다시 그 남자와 마주치지 않기 위해서였다.

진수는 계속 두리번거리면서 핸드폰을 꺼내 전화를 걸었다. 원래는 그냥 집으로 가려고 했지만 계획을 바꿨다.

"여보세요?"

상대방이 전화를 받았다.

"영우 형! 저 진수예요."

"오! 진수. 오랜만이다. 그런데 어쩐 일이야? 목소리가 안좋은 것 같은데."

"혹시 지금 시간 되세요? 제가 상의드릴 게 좀 있어서요."

"그래? 보아하니 꽤 심각한 것 같은데 일단 네가 이리로 올래? 위치는 알지?"

"네. 알죠. 거기로 가겠습니다!"

영우, 일명 청년도사가 운영하는 점집의 위치는 잘 알고 있다. 영우는 제법 유명한 박수무당이었다.

진수와 영우가 만난 곳은 군대에서였다. 진수가 일병이었고 영우가 늦게 군대에 와 이병이었을 때였다. 진수는 선임이었지만 영우에게 형 대접을 해주었다. 그런 진수가 고마웠는지 영우는 자신이 겪은 이런저런 이야기를 많이 들려줬다. 진수는 그때 처음 영우가 특별한 능력을 가지고 있다는 사실을 알게 되었다.

"꼭 필요한 일이 있을 때 한번 찾아와. 도움을 줄게."

영우는 그런 말도 했다.

두 사람은 제대 후에도 형과 동생으로 지내며 간간이 연락을 했다. 그사이 영우의 점집은 TV에 소개되면서 큰 인기를 끌었다. 진수도 그 프로그램을 봤고 제법 흐뭇해했다.

"살아가다 보면 꼭 한 번 상식으로는 설명할 수 없는 일을 당할 때가 있지."

진수는 언젠가 영우가 했던 말을 떠올렸다.

"그럴 땐 영적인 도움을 받아야 해."

지금이 바로 그럴 때였고, 자신을 도와줄 사람은 영우밖에 없다는 생각이 들었다.

진수는 계속해서 주위를 살피며 영우의 점집을 찾아갔다. 대기가 꽤 밀려 있었지만 진수는 기다리지 않고 바로 들어갔다.

"그러니까 너랑 똑같이 생긴 사람을 두 번이나 봤다, 이거지?"

청년도사라는 이름에 어울리게 형형색색 한복을 입은 영우
가 물었다.

"그렇다니까요, 형! 미치겠어요."

진수가 말했다. 그래도 도움을 받을 수 있다는 생각이 들자
조금은 냉정을 찾았다.

"그냥 닮은 사람은 아니고?"

"아니에요. 그냥 비슷하다 싶은 사람이야 자주 마주치잖아
요. 사람들 얼굴이 거기서 거기고, 분위기가 비슷한 경우도 많
으니까. 게다가 제가 좀 흔하게 생긴 상이잖아요."

"그렇지. 그런 경우는 많지."

"근데 이건 달라요. 처음 본 순간 '아!' 하는 느낌이 와요. 저
게 바로 나라는 느낌. 그냥 판박이처럼 똑같은 거 있죠? 또 다
른 내가 서 있는 거예요. 본능적으로 그렇게 느껴요."

"마치 거울을 보는 느낌이겠구나."

"네. 맞아요. 근데 상상해보세요. 거울을 보고 있는데 거울
속의 내가 멋대로 움직인다면?"

"무서운 일이군."

"네. 정말 무서워요. 기분이 이상한 걸 넘어서 정말 무서워
요. 게다가 같은 일이 두 번이나 생겼어요. 왜 이런 걸까요? 알
고 싶기도 하고, 제가 뭔가에 홀린 거라면 그걸 풀고 싶기도 하
고……."

진수는 자기 머리카락을 쥐어뜯었다.

"일단 진정해. 너 도플갱어라는 말 들어본 적 있지?"

영우가 물었다.

"도플갱어요?"

"그래. 도플갱어."

"들어봤어요."

진수가 고개를 끄덕였다.

"세상에는 나랑 똑같이 생긴 사람이 한 명 더 있는데 그런 사람을 세 번 이상 보면 죽는다. 이게 도플갱어 괴담이야. 옛날부터 내려오는 이야기지."

"뭐, 뭐요? 그럼 전 한 번 남은 거잖아요!"

진수가 부들부들 떨었다.

"진정해. 내가 괴담이라고 했잖아. 꼭 그런 일이 벌어지리란 법은 없어. 게다가 내 생각은 조금 다르고."

"조금 다르다니요?"

"아까부터 내가 널 꼼꼼히 보고 있었는데 너한텐 지금 귀신이 붙어 있어."

"히익!"

진수는 기겁을 하며 보이지 않는 뭔가를 털어내려고 했다.

"그만둬. 그렇게 턴다고 떨어져 나갈 놈이 아니야."

"무, 무슨 귀신인데요?"

"흡혼귀."

"흡혼귀?"

"산 사람한테 붙어서 그 영혼을 빨아먹는 아주 악독한 놈이야."

"그, 그럼 어떻게 되는데요?"

"영혼이 빨려 나가니까 기력이 쇠하고 자꾸 헛것을 보는 거야. 흡혼귀가 네 영혼을 다 빨아먹기 전에 빨리 털어내야 해."

"굿이라도 해야 하는 건가요?"

"굿도 좋지만 일단 부적을 한 장 써줄 테니 그걸 꼭 지니고 다녀."

"알겠어요!"

"절대 놓치면 안 돼. 꼭 지니고 다녀야 해. 주머니에 넣거나 해서. 알겠지?"

영우는 그렇게 말하며 붉은색 부적 한 장을 써줬다. 진수는 그걸 바지 주머니에 챙겨 넣었다.

'이걸 가지고 있으면 진짜 괜찮은 걸까?'

진수는 고개를 갸우뚱했다. 특별한 힘이 느껴지지는 않았다. 진수는 부적을 다시 주머니에 넣으며 영우와 했던 대화를 떠올렸다.

"혹시 또 그런 일이 생기면 어떻게 해요? 세 번째 만나는 거잖아요."

"무시해버려. 네가 본 건 헛것이라는 사실을 잊지 말고."

'헛것이라고 하기에는 너무 생생했는데…….'

진수는 버스 정류장을 향해 터덜터덜 걸었다. 아무리 생각해도 찜찜했다.

'세상에는 똑같은 사람이 한 명 더 있고 그 사람과 세 번 이상 마주치면 죽는다.'

도플갱어에 얽힌 이 이야기 속에 어떤 모순이 존재하는 것 같았다.

'왜 죽는다는 거지?'

진수는 계속 생각하다가 무심결에 고개를 돌렸다. 마침 버스 한 대가 정류장으로 들어오고 있었다.

거기에 있었다.

진수와 똑같이 생긴 남자가 의자에 앉아 있었다.

"헉!"

진수는 한 발 뒤로 물러났다.

그 순간이었다.

그 남자가 고개를 돌려 진수를 바라봤다. 두 사람의 눈이 마주쳤다. 남자의 눈동자가 커지면서 얼굴이 일그러졌다. 남자의 얼굴에 떠오른 감정을 진수는 생생하게 느낄 수 있었다.

분노!

그것은 불같은 분노였다.

남자가 벌떡 일어났다. 진수는 뒤도 돌아보지 않고 도망치기 시작했다. 남자의 찌르는 듯한 시선이 느껴졌다.

심장이 튀어나올 듯 뛰었다.

'헛것이 아니야!'

진수는 확신했다. 남자는 실제로 존재하는 인물이었다. 그리고 지금 자신을 쫓아 달려오고 있었다.

어마어마한 분노를 품고서.

그 생각을 하자 진수의 마음도 약간 달라졌다. 속절없이 두렵기만 했는데 다시 생각해 보니 화가 치밀었다.

'이 세상에 나랑 똑같이 생긴 인간이 있다니!'

그런 인간이라면……

그런 인간이 있다면……

'죽여버리고 싶다!'

처음으로 진수의 마음속에 뚜렷한 분노가 떠올랐다. 이 세상에 존재하는 것은 자신뿐이어야 했다. 인생을 도둑질당하고 있는 것만 같았다.

그런 도둑이라면 잡아서 죽여야 한다!

진수는 달리던 걸 멈추고 뒤를 돌아봤다.

남자는 보이지 않았다.

하지만 어딘가에서 자신을 살펴보고 있으리란 생각이 강하게 들었다.

세 번 이상 마주치면 죽는다.

도플갱어 이야기 속의 모순이 무엇인지 이제는 알 것 같았다. 그 이야기에는 왜 죽는지에 대한 게 나오지 않았다.

하지만 이제는 알 것 같았다.

도플갱어가 '나'를 직접 죽이는 것이다.

바로 저 남자처럼.

자신이 죽지 않으려면 먼저 죽이는 수밖에 없었다. 진수는 마음을 굳게 먹었다. 진수는 일부러 보란 듯이 고개를 돌리며 이리저리 살폈다.

십여 미터 떨어진 상가 안쪽에서 누군가가 밖을 내다보고 있는 것 같았다.

그 남자였다.

정확히 보이지는 않지만 밀려오는 혐오감과 분노로 충분히 알 수 있었다. 진수는 일부러 못 본 척하며 등을 돌리고 길을 걸었다.

남자가 저만치서 따라오는 게 느껴졌다. 진수는 방향을 틀어 큰길로 나갔다. 마른침을 삼켰다.

두려움, 혐오감, 그리고 분노가 한꺼번에 밀려왔다.

'어떻게 하면 좋을까?'

계획이 서지는 않았다.

'몸싸움을 벌인다면 이길 수 있을까?'

'만약에 놈이 흉기를 들고 있다면?'

거기까지 생각이 미치자 심장이 더 세게 뛰기 시작했다. 진수는 무기로 쓸 만한 게 없을지 주위를 둘러봤다. 그 흔한 돌멩이조차 없었다. 믿을 수 있는 건 자기 힘뿐이었다.

저 멀리 경찰서가 보였다.

'경찰서에 들어가서 도움을 요청할까?'

그래 봐야 미친놈 취급만 받을 것 같았다.

그리고 그것보다는……

자신의 손으로 그 혐오스러운 남자를 처리하고 싶었다.

확실히, 깔끔하게.

이 세상에 자신과 똑같은 사람이 돌아다닌다는 생각만으로도 구역질이 올라왔다.

다다다!

뒤에서 잰걸음으로 다가오는 발소리가 들렸다. 진수는 몸을 홱 돌렸다. 그 남자가 달려들었다.

"죽어! 이 도플갱어야, 죽어!"

그 남자가 외쳤다.

뭐?

누가 누굴 보고 도플갱어라고?

진수는 화가 머리끝까지 치밀었다.

"네가 죽어!"

진수는 온 힘을 다해서 남자를 차도 쪽으로 밀었다.

균형을 잃은 남자가 "어어!" 하는 소리를 내더니 차도로 넘어졌다.

끼익!

커다란 덤프트럭 한 대가 남자를 치고 지나갔다.

진수와 똑같이 생긴 남자를.

"으악!"

남자의 외마디 비명이 도로에 울려 퍼졌다. 진수는 순간적으로 눈을 질끈 감았다.

'죽였다. 내가 저놈을 죽였다!'

진수는 천천히 눈을 떴다. 남자가 쓰러져서 꿈틀거리고 있었다. 그때마가 피가 울컥울컥 쏟아져 나왔다.

남자의 얼굴은……

전혀 달랐다.

진수와는 조금도 닮지 않은 그저 평범하게 생긴 사람이었다.

"어?"

진수는 멍하니 서 있었다.

"저, 저 사람이 갑자기 저 남자를 밀었어!"

"경찰에 신고해!"

주위 사람들이 떠들었지만 진수의 귀에는 들어오지 않았다.

진수는 바지 주머니를 뒤졌다. 부적이 사라지고 없었다. 아까 꺼낸 뒤에 넣으려고 할 때 떨어뜨린 게 분명했다.

진수는 눈을 감았다가 떴다.

남자의 얼굴, 이제는 숨이 완전히 끊어진 그 남자의 얼굴은 변하지 않았다.

진수는 그 자리에 주저앉았다.

15

1킬로미터

한수는 호기심에 그 어플을 깔았다.

한 통의 문자 메시지가 시작이었다.

– 심심하면 한번 깔아봐. 같이 놀 사람 많아.

평소라면 스팸이라 생각해 그냥 지웠겠지만 그때만은 이상하게도 호기심이 동했다. 심심하기도 했거니와 외롭기도 했다.

주위에서 만남 어플을 통해 사귀기 시작했다는 이야기를 심심치 않게 들을 수 있었다.

혹시 나도?

그런 생각이 없었다면 거짓말일 것이다. 아니면 짜릿한 하룻밤이라도 보낼 수 있다면…….

한수는 곧바로 문자 메시지의 링크를 따라가 어플을 다운로드했다. 다운로드는 금방 끝났다. 한수는 어플을 켰다.

반경 1킬로미터 내에서 같은 어플을 사용하는 사람들을 추천해준다는 설명이 나오고 이내 설정 페이지로 넘어갔다.

설정에서는 성별, 나이, 이상형 등을 선택해서 넣을 수 있었다. 세부 설정으로 들어가면 취미나 특기, 심지어 건강 상태 등도 기입이 가능했다.

한수는 그 항목들을 빠짐없이 채워 넣었다. 그래야 만남이 성사될 것 같았다. 마지막 단계는 셀카를 올리는 것이었다. 한수는 지금껏 찍었던 사진 중에 가장 잘 나온 걸 올렸다.

한수는 꽤 번화한 곳에서 자취를 하고 있었다. 그래서 그런지 GPS 지도상에 같은 어플을 깐 사람들을 나타내는 점이 아주 많이 떴다.

"저 사람들 중에 누가 연락을 줄 수도 있다는 거지?"

한수는 내심 연락이 먼저 오길 기다렸다. 물론 자신이 연락을 보낼 수도 있었다. 하지만 그러기에는 아직 자신이 없었다.

한수는 침대에 누워 어플 구경에 시간 가는 줄 몰랐다. 정확히 말하자면 어플에 공개된 여자들을 구경하는 중이었다.

생각보다 훨씬 많은 수의 여자들이 얼굴은 물론이고 이름까지 공개해놓았다. 연락을 해볼까 하는 마음이 들 정도로 예쁜 여자도 많았다.

연락 방법은 쉬웠다. 터치 한 번으로 쪽지를 보낼 수 있었다. 쪽지를 확인한 상대방은 보낸 이의 프로필을 본 후 다시 연락을 주는 방식이었다. 채팅으로 이어질 수도 있었다.

"꽤 잘 만들었는데."

지금껏 이런 세계를 모르고 살아온 자신이 한심하게 느껴질 정도였다.

늘 집에서 회사, 다시 회사에서 집으로 돌아오는 생활만 반복했던 한수였다. 한수는 계속 어플을 들여다보다가 이상형을 발견했다.

단아하게 생긴 외모에 꽤 좋은 몸매를 가지고 있었다. 단발머리가 무척 잘 어울렸고 큼지막한 눈도 마음에 들었다.

이름은 박수희.

"이름도 예쁜데?"

박수희도 근방 1킬로미터 내에 있었다.

"만나자고 해볼까?"

한수는 계속해서 고민을 했다. 그러는 사이 시간이 제법 지났다. 만약 박수희가 1킬로미터를 벗어나게 되면 이대로 인연도 끊긴다. 다급해진 한수는 무턱대고 쪽지를 보냈다.

－ 안녕하세요? 혹시 시간 되세요?

보내 놓고 보니 엉망인 쪽지였다. 더 길게 보낼 수도 있었는데……. 괜한 후회가 밀려왔다.

"에이. 내 주제에 무슨."

한수는 핸드폰을 던져놓고 라면을 끓이려고 싱크대로 다가갔다. 눈앞에서 박수희 얼굴이 아른거렸다.

실제로 만난다면 얼마나 좋을까?

그때였다.

지이잉.

핸드폰에 진동이 왔다. 한수는 얼른 핸드폰을 집었다. 방금 깔았던 그 어플에 알림이 하나 떠 있었다.

쪽지가 왔다는 뜻이었다. 한수는 서둘러 쪽지를 확인했다.

－ 좋아요. 우리 만나요.

간단한 쪽지 내용을, 한수는 읽고 또 읽었다.

보낸 이는 분명 박수희였다.

"이제 어떡하지?"

한수는 한동안 멍하니 서 있었다. 머릿속이 복잡해서 생각이 하나로 모이지 않았다.

242

"맞다. 답장을 보내야지."

그제야 그런 생각이 들었다.

— 네. 만나요. 혹시 사거리 편의점 아세요?

박수희의 답장은 금방 왔다.

— 네. 알아요. 10분 후에 거기서 만나요.

"됐어!"

한수는 만세라도 부르고 싶은 심정이었다. 라면 냄비의 불을 끄고 서둘러 옷을 갈아입었다. 머리도 다시 정리하고 이까지 닦았다.

모든 준비를 끝낸 한수는 마지막으로 거울을 들여다봤다. 약간 멍청해 보이긴 하지만 그런대로 괜찮은 남자가 서 있었다. 한수는 어디에서도 외모로 지적받은 적은 없었다.

"좋아. 이 정도면 됐어."

한수는 자신감을 가지고 집 밖으로 나갔다.

사거리에 있는 편의점은 한수의 집에서 매우 가까웠다. 약속 시간보다 5분 정도 일찍 도착하겠지만 가서 기다리기로 했다.

한수가 처음으로 한 걱정은 박수희가 실물과 다르면 어쩌나 하는 것이었다. 그다음은 바람을 맞으면 어쩌나 하는 것.

"에이. 일단 부딪쳐보는 거지."

어차피 집에서 할 일도 없었다. 멍하니 TV를 보거나 게임을 하는 게 다일 것이다.

모처럼 밤바람을 쐬니 기분이 좋았다. 퇴근해 올 때와는 또 다른 기분이었다. 게다가 조금 있으면 이상형과 만나게 된다.

한수는 콧노래를 흥얼거리며 편의점 앞으로 갔다. 아직 박수희는 나오지 않았다.

왜 내 쪽지에 반응했을까?

한수는 그게 궁금했다.

"아마 내 프로필을 봤겠지."

그랬을 가능성이 높았다.

한수의 이름을 보고 프로필을 눌러 보고는 마음에 들어서 연락을 했으리라.

어쩌면 술에 취해 있을지도 몰랐다.

그러면 일이 더 쉬워진다.

무슨 일?

"ㅎㅎㅎ."

한수는 입을 가리고 음흉한 미소를 지었다. 그러다가 곧 정신을 차렸다.

"아니지. 외모만 보면 완전 내 이상형이니까 장기적으로 잘 해봐야지. 쓸데없이 들이댔다가는 될 일도 안 될 거야."

한수는 그렇게 중얼거리다가 풋, 하고 웃었다. 혼자서 김칫국을 마시는 자신의 모습이 우스웠기 때문이다.

"올 때가 됐는데."

한수는 어플을 켜서 박수희의 위치를 확인했다. 점은 편의점과 거의 겹쳐 있었다. 다 왔다는 뜻이었다.

한수는 문득 입 냄새가 신경이 쓰였다.

껌이라도 급하게 씹을까?

요즘은 속이 안 좋아서 그런지 양치를 해도 금세 입 냄새가 올라오는 느낌이었다.

한수는 서둘러 편의점으로 들어갔다. 그러고는 계산대 맞은편에서 껌을 고르기 시작했다. 한 남자가 편의점 안으로 들어왔다. 그 남자는 통화를 하고 있었다.

"네. 수희 씨. 저 지금 편의점이에요. 네? 도착하셨다고요? 알겠습니다."

수희?

한수는 고개를 들어 남자를 슬쩍 살펴봤다.

남자는 다시 편의점 밖으로 나가서 주위를 두리번거렸다. 한수도 껌 고르기를 그만두고 남자를 따라 밖으로 나갔다.

비슷한 시간에 같은 이름의 여자를 만난다니, 우연치고는 너무 지독한 우연이었다.

한수는 조금 떨어진 거리에서 남자를 보고 있었다. 곧 덩치 큰 사내 한 명이 남자를 향해 다가왔다.

두 사람은 잠시 대화를 나누었다.

순간 남자의 얼굴에 걱정의 빛이 스치고 지나갔다.

무슨 일이지?

남자는 잠시 망설이는 눈치를 보이다가 사내를 따라 골목 안쪽으로 들어갔다. 한수는 몰래 그 뒤를 밟았다.

멀찌감치 떨어져서 남자를 따라가던 한수의 눈에 믿을 수 없는 광경이 들어왔다. 옆에서 나란히 걷던 사내가 으슥한 골목으로 접어들자마자 남자를 때리기 시작한 것이다.

그 순간 스타렉스 한 대가 골목 입구를 막아섰다.

문이 열린 스타렉스에서 또 다른 사내들이 내리더니 남자를 끌고 들어가 버렸다.

쾅!

스타렉스 문은 거칠게 닫혔다.

"내, 내가 뭘 본 거지?"

한수는 주춤주춤 뒤로 물러나 편의점이 있는 사거리로 돌아갔다.

납치다, 납치!

한수의 머릿속에 비로소 그 생각이 떠올랐다.

"신고를 해야 돼!"

한수가 핸드폰을 막 들었을 때였다.

띠링!

어플 알림이 떴다. 쪽지가 날아온 것이다.

- 어디세요? 전 이제 막 도착했는데.

박수희였다.

한수는 재빨리 주위를 둘러봤다. 여자라고는 보이지 않았다. 그때 전화가 왔다. 핸드폰이 사정없이 울어댔다.

모르는 번호였다.

뭐지?

받아야 하나?

전화는 끊어지지 않고 집요할 정도로 계속 울렸다. 한수는 마른침을 한 번 삼킨 뒤 전화를 받았다.

"여보세요?"

"한수 씨죠?"

맑고 부드러운 여자 목소리였다.

"그, 그런데요?"

"저 수희예요. 박수희."

"수희 씨……."

한수는 다시 주위를 둘러봤다. 멀리 골목 안에서 아까의 그 사내가 걸어오고 있었다.

"제가 지금 사정이 생겨서 잠시 다른 분을 보냈어요. 그분을……."

"거짓말하지 마!"

한수는 거칠게 외치고는 전화를 끊었다. 사내기 한수 쪽을 똑바로 바라봤다. 두 사람의 눈이 마주쳤다.

한수는 도망치기 시작했다. 사내가 달려왔다. 한수는 컴컴한 골목 안으로 숨어들었다.

지이잉.

지이잉.

전화가 계속 왔다.

아까 그 번호였다.

한수는 핸드폰을 꺼버렸다. 한수는 재활용 쓰레기들이 모여 있는 전봇대 쪽으로 가서 숨었다.

골목 안으로 사내가 들어왔다. 사내는 계속 핸드폰을 들고 있었다.

한수는 숨을 참았다. 심장 뛰는 소리가 사내에게 들릴 것 같았다. 사내의 매서운 눈이 골목을 훑었다.

이게 대체 무슨 일이야?

한수는 미칠 것 같았다. 자신에게 무슨 일이 일어나고 있는지 알 수 없었다. 단 하나, 잡히면 끝장이라는 사실만은 확실했다.

"응. 도망쳤어. 그 새끼."

사내가 전화로 누군가에게 떠들고 있었다.

"이번 배에 몇 명 필요하다고 했지? 다섯 명?"

사내는 통화를 하면서 점점 다가왔다.

"이 새끼가 도망치는 바람에 어려울 수도 있겠는데. 그러니까 내가 좀 여유를 가지고 약속 시간을 정해놓자고 했잖아."

사내의 목소리가 거칠어졌다.

"알았어! 일단 끊어. 그 방법은 네가 사용해보고."

사내는 한수가 숨어 있는 쓰레기 더미 바로 앞까지 왔다. 사내가 쓰레기 더미 쪽으로 손을 뻗었다.

그 순간 고양이 한 마리가 튀어 나갔다.

"깜짝이야!"

사내는 혼잣말처럼 중얼거리더니 뒤돌아서서 골목을 빠져나갔다.

한수는 한참을 더 기다린 후 쓰레기 뒤에서 슬쩍 나왔다.

놈이 진짜로 간 걸까?

확신이 서지 않았다. 그렇다고 계속 여기 있을 수는 없었다. 한수는 떨리는 마음으로 골목을 빠져 나왔다.

사내는 보이지 않았다.

"없어. 없다고! 그냥 갔나 보다."

한수는 다리에 힘이 풀려 그대로 주저앉았다. 한참 숨을 고르고 나니 어느 정도 진정이 되었다.

젊은 남자를 납치해서 고깃배에 태운다는 이야기는 몇 번 들어 봤다. 그런데 그게 실제로 있는 일일 줄이야…….

한수는 덜덜 떨리는 온몸을 애써 추스르며 집으로 향했다. 신고를 해야겠다는 생각이 들었지만 일단 안전한 곳으로 피하고 싶었다.

그 일당들이 어플을 통해서 남자들을 납치하는 게 틀림없어!

그렇다면 박수희는 아예 없는 존재일까?

아니면 박수희도 이용당하는 걸까?

여러 가지 생각이 한수의 머릿속에 떠올랐다.

그사이 집에 도착했다. 한수는 현관문을 열고 집 안으로 들어갔다. 그제야 안심이 되었다. 한수는 문을 꼼꼼하게 잠갔다.

그때였다.

인기척이 느껴졌다. 한수는 고개를 돌렸다. 방 한쪽 구석에서 시커먼 옷을 입은 남자 하나가 달려왔다.

"아!"

미처 비명을 지르기도 전에 남자가 한수를 덮쳤다.

"윽."

한수는 남자의 주먹을 맞고 그대로 쓰러졌다.

의식을 잃어 가는 한수의 머릿속에 한 가지 생각이 떠올랐다.

어플의 GPS 기능.

놈들은 그 기능으로 한수의 집을 이미 알고 있었다.

사내가 말했던 '그 방법'이 바로 이거였구나.

한수는 비로소 깨달았다.

끼익.

밖에서 스타렉스 멈추는 소리가 들렸다.

16

화장실

똑똑똑.

한밤중의 공원 화장실은 제법 아늑했다. 적어도 그 기분 나쁜 노크 소리가 들리기 전까지는.

깨끗한 변기, 귀뚜라미 울음, 나뭇잎을 스치는 바람 소리, 그리고 차에서 기다리는 여자 친구.

갑자기 배가 아파 화장실로 달려왔기에 조금 늦어졌을 뿐, 볼일을 보고 다시 시작하면 될 일이었다.

여자 친구도 오늘만은 적극적이었다.

시간은 많다.

길고 긴 키스부터 천천히 다시 시작하자.

그런 생각들을 하고 있을 때 바로 그 노크 소리가 들렸다. 문이 아닌 옆 칸에서였다.

똑똑똑.

두 번째 노크 소리가 들릴 때까지도 나는 아무 말도 하지 못했다. 당황스러웠다. 화장실 옆 칸에 앉은 사람이 벽을 두드리는 일은 처음이었다.

더군다나 노크 소리는 기분 나쁠 정도로 선명하고 날카로웠다.

똑똑똑.

기분 나쁜 소리가 다시 한번 울려 퍼졌다. 바람 소리와 귀뚜라미 울음마저 잠잠해졌다는 걸 느끼며 나는 헛기침을 했다. 그러곤 조심스레 입을 열었다.

"무슨 일이시죠?"

"실례지만⋯⋯."

기괴한 목소리였다. 좁은 통에다 밀어 넣고 쥐어짜 내는 듯 거칠지만 한편으로는 가늘고 떨리는 목소리.

몇 해 전, 사촌 동생이 잡았다며 보여준 매미 박제처럼 살짝만 건드려도 바스라질 것만 같은 위태로운 목소리였다. 집요하게까지 느껴지던 노크 소리와는 어울리지 않았다.

덕분에 어느 정도 긴장이 풀렸다. 조금만 생각해봐도 옆 칸에서 누군가 신호를 보낸다면 십중팔구 화장지 때문일 것이다.

거기까지 생각이 미치자 설핏 웃음이 나오기도 했다.

아무리 인적 드문 공원 화장실이라곤 해도 고작 노크 소리에 긴장했던 게 멋쩍었다. 나는 옆 칸 남자를 향해 말했다.

"네. 말씀하세요. 혹시 화장지가 필요하세요?"

"번호……."

"네?"

내가 잘못 들은 게 아니라면 분명 남자는 '번호'라고 말했다. 화장지 때문이 아니었단 말인가.

남자의 목소리가 워낙 작았기에 나는 몸을 오른쪽으로 기울여 벽에다 귀를 바싹 대야 했다. 그때 남자의 숨 고르는 소리가 들렸다.

긴 들숨과 날숨이었다. 문득 비슷한 숨소리를 들었던 기억이 떠올랐다. 시골 외할아버지 집에서였다.

여름이었고, 모두 밭일을 나간 뒤라 집에는 나 혼자였다.

하릴없이 빈둥거리다가 바람이 잘 드는 마루에 누워서는 멍하니 마당을 바라보고 있었다. 그때 외할아버지 집에서 기르던 고양이가 이상한 행동을 하는 게 눈에 들어왔다. 녀석은 몸을 잔뜩 웅크린 채 마당 구석을 노려보며 예의 그 긴 들숨과 날숨을 쉬고 있었다.

마치 예열이라도 하듯 옆구리를 부풀렸다 오므리며 숨을 쉬는 녀석의 시선 끝에는 조그만 쥐 한 마리가 있었다.

바로 그때의 숨소리가 옆 칸 남자에게서 들려왔다. 먹잇감을 앞에 둔 포식자의 긴장이 묻어나는 숨소리.

기억을 떠올리는 순간 서늘한 기운이 온몸을 훑고 지나갔다. 변기에 닿은 엉덩이에 오슬오슬 소름이 돋았다.

"번호가 있어요? 거기에도 그 번호가 있어요?"

남자가 갑자기 말했다. 쥐를 향해 번개처럼 몸을 날리던 그날의 고양이처럼. 나는 흠칫 놀라 벽에서 귀를 뗐다. 벨트의 금속 부분이 변기 어딘가에 부딪치며 날카로운 소리를 냈다. 애써 가슴을 눌렀다.

하지만 이상하게도 불안했다.

무언가가 잘못되고 있다!

그런 느낌이 발끝부터 서서히 나를 적셔 왔다. 단지 옆 칸에 앉은 남자일 뿐이야. 목소리만 들어도 약해 빠졌을 게 분명한데, 뭐.

여차하면 화장실을 나가버리면 그만이고.

마음속으로 자꾸만 되뇌었지만 불안감은 쉽게 사라지지 않았다. 그 불안감 사이로 남자의 목소리가 재차 들렸다. 인위적이고 부자연스러운 목소리였다.

"어때요? 번호가 있어요?"

"무슨 번호를 말씀하시는지……."

"장기 사고팝니다, 라고 적힌 스티커, 거기에 번호가 있어 요?"

내 말이 끝나기 무섭게 되돌아온 남자의 말에 나는 어리둥 절할 수밖에 없었다.

남자는 장기 밀매 광고 스티커에 대해 이야기하고 있었다. 그것도 전화번호를.

다급하게 번호를 묻는 게 의아하긴 했지만 번호를 가르쳐 주는 건 어렵지 않은 일이다.

화장실 내부를 둘러봤다. 있었다.

화장실 문손잡이 조금 위에 '장기 사고팝니다. 010-1234- 5678'이라고 적힌 스티커가 붙어 있었다. 흰 바탕에 프린트된 빨간 글씨는 백열등 불빛 아래서 묘하게 반짝였다.

낙인처럼 찍힌 그 숫자를 나는 더듬더듬 읽어갔다.

"공일공 하나둘삼사 오륙칠팔. 이거 말입니까?"

"아! 끝자리가 팔이었군요. 여기엔 누가 뜯어내려다 실패했 는지 끝자리 번호가 찢겨 있었어요. 감사합니다."

"아, 네. 뭘요."

"휴. 그 번호가 찢겨 있어서 답답했어요. 이게 팔이었군요. 팔! 자세히 보니 곡선 두 개가 살짝 보이는 게 팔이 맞네요. 하 하하. 감사합니다."

남자의 목소리는 기쁨에 겨운 듯 떨렸다. 처음으로 생기가 느껴졌다. 나는 왠지 모르게 씁쓸했다.

남자는 자신의 장기를 팔려는 게 분명했다. 그것도 이 야심한 시각에 옆 칸에 앉은 사람에게 번호를 물을 정도로 다급하게.

나는 나지막하게 한숨을 쉬었다. 현실이다. 가슴 아픈 일이긴 하지만 어쩔 수 없다. 나는 복잡한 생각을 털어버릴 요량으로 배에 힘을 줬다.

그때 옆 칸에서 차가운 디지털 음성이 들렸다.

"공.일.공.일.이.삼.사.오.육.칠.팔."

남자는 바로 통화를 할 모양이었다.

'띠리리리링.'

곧 신호음이 들렸다.

나도 모르게 귀를 기울였다. 하지만 남자의 목소리는 다시 작아졌고 이내 일몰처럼 잦아들었다.

간간이 "네" "급합니다" "당장" 같은 말들이 들리긴 했지만 자세한 내용은 알 수가 없었다.

몇 분 정도 시간이 흘렀을까. 남자의 목소리가 다시 들렸다.

"네. 알겠습니다. 급하니까 빨리 좀 부탁드립니다."

남자는 거래에 성공한 듯싶었다.

신장일까? 아니면 안구?

대가는 얼마나 될까?

꼬리를 무는 호기심 뒤로 한 통의 전화로 남자의 장기가 팔렸다는 사실이 새삼 섬뜩하게 다가왔다.

장기 밀매 하면 생각나는 이미지들, 마취도 하지 않은 채 배를 가르거나 펄떡펄떡 뛰는 장기를 아이스박스에 담는 그 모습들이 떠오르면서 속이 메스껍기까지 했다.

아무래도 빨리 화장실을 니가는 게 상책일 듯싶었다.

배는 쉽게 편해지지 않았다. 찔끔찔끔 계속해서 설사가 나오고 아랫배가 싸늘했다. 아무래도 여자 친구가 준 김밥이 상한 모양이다.

나는 더 힘을 줬다.

바로 그때였다.

옆 칸 남자가 말을 걸어온 건.

"다 듣고 있었죠? 통화 내용."

여전히 어딘가 부자연스럽고 기괴한 목소리.

나는 당황해서 더듬었다.

"네? 그, 그게. 몇 마디만⋯⋯."

"역시 엿듣긴 했군요."

"죄송합니다."

잠시 망설인 뒤 나는 말을 이었다.

"무슨 사정이 있는지 모르겠지만 다시 한번 생각해 보시는 게 어떨까요? 장기를 팔려고 하시는 거죠? 그, 그게 얼마나 무서운 일인지 아세요?"

　말을 하면서도 주제넘은 짓이라는 생각을 했다. 주위 사람들 일에 별 관심 두지 않고 살아온 내가 뭐 하는 짓인가 싶기도 했다.

　한동안 침묵이 흘렀다. 옆 칸 남자는 조용했다. 잠시 후 옆 칸에서 희미한 소리가 들렸다. 풍선 입구를 막고 바람을 빼는 것 같은 소리.

　나는 다시 벽 쪽으로 귀를 기울였다.

　"쿡쿡쿡쿡."

　그 소리의 정체는 웃음이었다.

　남자는 웃고 있었다. 그것도 소리를 죽여서.

　곧 한층 낮고 음침하게 변한 목소리가 들렸다.

　"무서운 일이라. 진짜 무서운 일이 뭔지 아세요?"

　"네?"

　통. 어디선가 물방울 떨어지는 소리가 들렸다. 남자의 말이 이어졌다.

　"진짜 무서운 일은 돈이 없다는 거죠. 돈. 그래서 어떤 일이든, 아무리 잔인한 일이라도 마다하지 않고 하게 되는 것, 그게 바로 무서운 것이죠. 어때요? 당신은 그래 본 적이 있나요? 돈 때문에 사람이 해선 안 될 짓을 해본 적, 있나요?"

　없었다.

돈이 궁하지는 않았다.

대학교 4학년, 동기들은 취업 때문에 아등바등했지만 나는 아버지 회사에 들어갈 계획이었다. 어릴 때부터 지금까지 돈 때문에 고생해본 적은 없다. 이른바 은수저쯤은 되었다.

나는 솔직히 말했다.

"없습니다. 하지만 아무리 돈이 필요해도 자신의 장기를 파는 건 돌이키기 힘든……."

"그럼 돈 많은 애인과 사귀면서 자괴감을 느낀 적도 없겠네요. 너무나 쉽게 돈을 쓰는 애인을 보며 부러움과 질투, 그리고 시기심을 느껴본 적도, 그러면서도 애인 앞에서는 거짓 웃음을 흘리며 한 푼이라도 더 타내려고 했던 적도 없겠네요."

남자의 목소리에서 서서히 노기가 배어 나왔다.

불안감이 다시 엄습했다. 남자의 목소리는 무언가 이상했다. 방금 전까지는 반신반의했지만 남자의 감정이 들어간 목소리를 듣는 순간, 확실히 이상하다는 느낌을 받았다.

그 목소리는 인간의 것이 아니라는 느낌이 강하게 들었다.

"집에 쳐들어온 사채업자의 협박을 받아본 적도 없겠네요. 낄낄거리던 사채업자들 얼굴을 보며 무슨 생각을 했는지 아세요? 무섭다! 무서워 죽겠다! 그래서 놈들이 시키는 대로 다 하겠다고 말했어요. 인간의 존엄성? 그딴 건 당신처럼 배부른 작자들이나 찾는 거지. 안 그래요? 그래서 저는 지금 인간이 해서는 안 될 짓을 하려는 거예요. 하하하."

남자의 거친 웃음소리가 한밤중의 화장실에 울려 퍼졌다.

그 순간, 나는 깨달았다.

남자의 목소리를 들으며 느꼈던 그 이상한 느낌의 정체를.

그것은 말투였다!

그때 화장실로 뛰어 들어오는 다급한 발소리가 들렸다. 여러 명이었다. 내가 생각을 가다듬기도 전, 옆 칸 사람의 나지막한 목소리가 들렸다.

이제는 부자연스러움을 털어 낸 생짜 그대로의 목소리였다.

"이제 시작되겠네요. 진짜 무서운 일이."

쾅!

옆 칸 사람의 말이 끝나기가 무섭게 화장실 문이 요란한 소리를 내며 떨어져 나갔다.

내가 앉은 칸이었다.

안으로 떨어진 문이 내 무릎을 강하게 찍었다. 문짝이 떨어져 나간 그 황량한 사각의 공간에 온통 검은 옷으로 차려입은 남자 네 명이 서 있었다.

겁에 질려 꼼짝도 할 수 없었지만 오히려 머릿속만은 깨끗해졌다.

덕분에 모든 상황을 이해할 수 있었다.

나는 함정에 빠진 것이다!

“하하하하하.”

옆 칸에서 들리는 날카로운 웃음이 온몸을 찔러 왔다.

심장이 뛰었다. 남자들은 빠르게 움직였다. 두 명이 안으로 들어오더니 내 팔을 단단히 붙잡았다. 참을 수 없는 공포가 밀려왔다.

“으아악.”

나는 비명을 질렀다.

그 순간, 묵묵히 서 있던 남자 하나가 테이프로 입을 막아 버렸다.

미칠 것 같은 공포감.

하지만 설사는 멈출 줄 몰랐다. 아니, 오히려 더 요란한 소리를 내며 쏟아지고 또 쏟아졌다. 덜 삭은 음식들이 내는 악취가 코를 찔렀다.

나는 벗어나기 위해 온몸을 비틀었지만 소용없었다. 덫에 걸린 짐승처럼 울부짖었다.

마지막 남자가 가방에서 둘둘 말린 뭔가를 꺼내 조심스레 펼치는 게 보였다.

반짝. 날카롭게 빛나는 칼들. 영화에서나 봤던 수술용 메스.

내 입을 막았던 남자가 화장실 바닥에 비닐을 깔았다.

나도 모르게 다리가 떨렸다. 오줌이 새어 나왔다. 수백 수천 마리의 개미 떼가 온몸을 기어가는 것 같은 공포, 공포!

나는 토해낼 수도 없는 비명을, 절규를, 고통에 찬 신음을
내질렀다.

"으으으으."

"네가 내 몸을 더듬을 때마다 얼마나 역겨웠는지 알아?"

옆 칸에서 들리는 목소리.

웃음을 머금은 음침한 목소리.

남자들이 나를 쓰러트렸다. 나는 머리를 찧으며 넘어졌다.
칼을 든 사내가 다가왔다.

"잘 잡아."

아무런 감정도 없는 차가운 목소리로 남자가 말했다.

내 의식은 점점 멀어졌다.

그때 화장실 벽 아래로 옆 칸에 앉은 그 사람의 발이 보
였다.

빨간색 마놀로 블라닉 구두. 며칠 전 백일 기념으로 여자 친
구에게 선물했던 그 구두가 선명하게 빛났다.

그날 나는 처음으로 여자 친구의 가슴을 만졌던가.

기억해낼 수가 없었다. 의식이 자꾸 흐려졌다.

하지만 그 순간에도 옆 칸에서 들리는 여자의 새된 웃음과
그때마다 바닥을 구르는 하이힐의 뾰족한 떨림은 생생하게 들
리고 보였다.

"나쁜……."

마지막 웅얼거림을 끝마치기도 전에 끔찍한 고통이 찾아
왔다.

배가 열렸다. 뜨끈한 피가 자꾸만 흘러나왔다.

설사는 계속됐다.

그리고 여자 친구의 웃음도.

"하하하하."

17

그 목소리

윤미가 친구들과 도심 근교의 펜션으로 여행을 떠난 것은 여름 끝 무렵이었다. 여름 끝이라고는 해도 여전히 푹푹 찌는 날씨였다. 햇빛은 쨍쨍했고 하늘 또한 맑았다. 야외에서 놀기에는 더없이 좋았다. 좋은 날씨 덕분인지 윤미 일행도 잔뜩 신이 났다.

운전은 윤미의 남자 친구인 동민이 하고 있었다. 뒷좌석에는 윤미의 친구인 영화와 그 남자 친구인 철호가 타고 있었다. 네 명은 자주 어울려 놀러 다니는 사이였다.

"펜션 진짜 싸게 예약한 거 있지."

영화가 자랑하듯 말했다.

"역시 놀러 가는 건 비수기야. 그래야 사람도 없고 숙박 시설도 싸거든."

철호가 여자 친구의 말을 이어받았다.

"맞아. 지금이 딱 좋지."

윤미가 웃으며 말했다.

윤미는 운전 중인 동민의 눈치를 슬쩍 살폈다. 여행을 제일 반대했던 사람이 동민이었다.

"꼭 이렇게 바쁠 때 여행을 가야겠어? 자기들이야 다들 백수이니 시간이 많겠지만 난 오히려 지금이 바쁘다고."

출발 전에 그렇게 불평을 늘어놓던 동민이지만 지금은 묵묵히 운전만 했다. 윤미는 내심 불안했다. 까칠한 성격의 동민이 언제 폭발할지 알 수 없었기 때문이다.

"다 와가."

동민이 모처럼 입을 열었다. 네 사람이 탄 SUV는 어느새 국도를 벗어나 한적한 산길로 접어들었다.

"어? 내비게이션이 말을 안 듣는데."

동민이 말했다.

"뭐? 어디 봐."

윤미는 딱 멈춰 버린 내비게이션을 확인했다. 차량의 현재 위치를 나타내는 화살표는 산속 어딘가에서 빙글빙글 돌고만 있었다.

"그렇게 깊은 산골은 아닌데."

철호가 중얼거렸다.

"내가 펜션 홈페이지에서 봤을 땐 이 길이 맞아. 조금 더 들어가봐요, 동민 씨."

동민은 못마땅한 표정으로 내비게이션을 힐끗 바라본 후 차를 몰았다. SUV는 외길을 따라서 산속 깊숙이 들어갔다.

"이렇게 깊이 들어오는 거야?"

윤미가 물었다.

"조금만 더 가봐. 나올 거야."

원체 느긋한 성격인 영화는 별걱정을 하지 않는 듯했다. 중간에서 마음이 타는 건 윤미뿐이었다.

"이번에도 안 나오면 돌아 나가자."

동민이 말했다.

"에이. 그래도 여기까지 왔는데."

철호가 아쉽다는 듯 말했다.

"그래. 조금만 더 가보자."

윤미가 동민을 달랬다. 그때 영화가 앞쪽으로 몸을 바짝 내밀며 어딘가를 가리켰다.

"저기야! 저기! 봐봐. 빨간 지붕이 보이잖아."

빽빽한 나무들 사이로 빨간색 지붕의 펜션이 보였다. 윤미는 속으로 안도의 한숨을 쉬었다. SUV는 우회전을 해서 펜션으로 이어지는 길을 향해 진입했다.

펜션은 제법 괜찮아 보였다. 나무로 지어진 외관과 빨간색 지붕부터 눈길을 확 끌었다. 동민도 마음에 든 눈치였다.

"여긴 우리만 있는 거야. 신나게 먹고 마시다가 돌아가자고. 흐흐."

영화가 들뜬 목소리로 말했다.

네 사람은 차에서 음식물들을 내려 옮기기 시작했다.

"우와! 안도 멋진데."

철호가 말했다.

펜션은 내부도 깔끔하게 정리가 잘된 상태였다. 윤미는 안심되었다. 이 정도라면 하룻밤 즐겁게 놀다 갈 수 있을 것 같았다.

네 사람은 간단하게 짐 정리를 한 다음 고기를 굽기 위해 바깥에 모였다. 바비큐 통과 불판 등은 이미 준비가 되어 있었다.

"고기 한번 끝장나게 먹어보자."

철호가 말했다.

"자기 요즘 피곤하다 했으니까 많이 먹어."

영화가 철호를 보며 웃었다.

"그런데 숯은 어디 있어?"

동민이 물었다.

"숯?"

영화가 되물었다.

"네가 챙겨 오기로 했잖아. 그런 건."

윤미가 말했다.

"아! 맞다. 숯. 어쩌지? 그걸 빠트렸네."

영화가 철호를 보며 말했다.

"하아."

동민이 한숨을 쉬었다.

"아니. 바비큐 파티 하자고 했으면서 숯을 빠트리면 어떡해?"

윤미가 말했다.

"그럴 수도 있지. 실수한 걸 가지고 너무 그러지 마."

영화의 말에 분위기는 순식간에 가라앉았다.

한동안 어색한 침묵이 흘렀다.

"이러지 말고. 방법을 찾아보자. 숲에 가서 마른 나뭇가지를 주워 오면 그걸로 불을 붙일 수 있을 거야."

동민이 말했다.

"그래. 동민 씨가 말한 대로 하자. 자기가 나뭇가지 좀 주워 와 줘."

영화의 말에 철호가 떨떠름한 표정으로 고개를 끄덕였다.

"나는 바비큐 세팅하고 있을게."

동민이 그렇게 말하며 바비큐 통 앞으로 갔다.

"난 채소 씻을게."

영화가 채소가 든 봉지를 들고 안으로 들어갔다.

윤미는 밥을 하려고 쌀을 찾았다. 쌀이 보이지 않았다.

"차에서 안 꺼냈나?"

쌀은 자기가 들고 온 거라 확실히 차에 실었다. 윤미는 SUV로 다가가 트렁크를 열었다. 맨 구석에 쌀 봉지가 처박혀 있었다. 윤미가 그걸 막 꺼내려고 할 때였다.

"윤미 좀 답답하죠?"

영화의 목소리가 들렸다.

'뭐지?'

윤미는 가만히 귀를 기울였다.

"좀 그런 부분이 있죠. 영화 씨처럼 화끈하고 시원하면 좋을 텐데."

이번에는 동민이었다.

'뭐야? 무슨 소릴 하는 거야?'

윤미는 차 뒤쪽에서 고개를 쭉 빼고 동민 쪽을 바라봤다. 어느새 나왔는지 영화가 동민과 같이 서 있었다.

두 사람은 윤미가 다가가자 입을 닫았다. 두 사람 사이에 묘한 분위기가 흘렀다.

'내가 잘못 들은 건 아니겠지?'

윤미는 쌀을 씻으며 몇 번이나 생각했다. 분명 영화와 동민의 목소리였다.

하지만…….

동민은 영화를 마음에 들어 하지 않았다.

"좀 더 조심해야겠어요."

이번에도 동민 목소리가 들렸다. 속삭이듯 말을 하고 있었다.

"윤미가 눈치채면 안 되니까."

윤미는 쌀 씻던 손을 딱 멈췄다. 그러고는 밖으로 달려 나갔다. 바비큐 준비를 끝낸 동민이 평상에 앉아 있었다.

"영화는 어디 있어?"

윤미가 쏘아붙이듯 물었다.

"응? 영화 씨? 철호 씨 데리러 갔는데."

동민이 무슨 일이냐는 듯한 표정으로 윤미를 바라봤다.

"방금 전까지 같이 있었지?"

"그래. 같이 있었지. 도대체 왜 그래?"

윤미는 뭐라고 말해야 할지 알 수 없었다.

두 사람의 대화를 엿들었다고 할까?

아니, 엿들은 것이 아니다.

두 사람은 윤미가 들으라는 듯 대놓고 그런 말을 주고받았다. 씩씩거리며 서 있는 윤미를 향해 동민이 걱정스러운 표정을 지었다.

"안 좋은 일 있어? 혹시…… 약 안 먹은 거야?"

윤미는 할 말을 잃었다.

약을…… 안 먹었다.

가벼운 우울증을 앓고 있는 윤미는 하루에 한 번 약을 처방받았다. 하지만 약을 먹고 나면 몽롱해져서 요즘은 일부러 먹지 않고 있었다.

'그래서일까? 그래서 이상한 소리를 들은 거라고?'

"빨리 약부터 먹어. 챙겨 왔지?"

동민이 말했다.

"으응. 미안해. 기분이 잠시 안 좋았어. 약 먹을게."

윤미는 고개를 갸우뚱하며 펜션 안으로 들어갔다.

"그럴 줄 알았어. 어휴. 성가셔."

뒤에서 동민의 목소리가 들려왔다.

윤미는 자신의 귀를 꽉 막고 눈을 질끈 감았다.

철호와 영화는 한참 동안 돌아오지 않았다. 어느덧 해가 기울고 있었다.

"무슨 일 생긴 거 아닐까?"

동민이 말했다.

"내가 전화해볼게."

영화의 핸드폰으로 전화를 걸었지만 받지 않았다. 두 사람이 사라진 숲은 벌써부터 어둠에 싸이기 시작했다.

"안 되겠다. 내가 가볼게."

동민이 일어났다.

"조심해. 너무 깊이 들어가지 말고."

윤미가 걱정스레 말했다.

"알았어. 무슨 일 있으면 바로 전화할게."

동민은 그렇게 말한 후 숲으로 들어갔다.

혼자 남은 윤미는 저녁 하늘을 올려다봤다. 방금 전까지 노을이 진다 싶었는데 벌써 주위가 어두워졌다. 밤은 너무도 빨리 찾아왔다.

'이러다간 바비큐고 뭐고 못 해 먹겠네. 게다가 너무 추워.'

해가 저물면서 바람이 제법 쌀쌀했다. 윤미는 점퍼를 가지러 펜션 안으로 들어갔다.

그때 팟, 하는 소리와 함께 불이 꺼졌다.

"앗!"

당황한 윤미는 거실로 나갔다. 거실도 깜깜하기는 마찬가지였다. 불이 켜져 있던 주방도 역시 어두운 상태였다.

정전이 된 모양이었다. 너무 어두워 주위가 제대로 보이지 않았다. 윤미는 핸드폰을 찾았지만 없었다. 아마 밖에 두고 온 것 같았다.

갑자기 무서워졌다. 주위는 너무도 조용했다. 풀벌레 소리도 싹 다 사라졌다. 윤미는 서둘러 밖으로 나가려고 했다.

그때였다.

"지금이야. 철호는 이미 처리했으니까 이제 윤미만 남았어요."

바람결에 은밀하게 속삭이는 동민의 목소리가 들려왔다.

윤미는 고개를 돌리며 두리번거렸다. 아무래도 펜션 2층에서 목소리가 들리는 것 같았다.

"윤미는 어떻게 처리하실 거예요?"

영화였다.

영화가 간드러진 목소리로 그렇게 물었다.

'처리? 무슨 말이지?'

두 사람이 속삭이고 있다는 사실보다 '처리'라는 단어가 더 신경이 쓰였다.

게다가 그 말투…….

'설마?'

윤미는 몸을 부르르 떨었다.

"차에 공구 몇 개가 들어 있어요. 그중에 몽키스패너가 제일 묵직하니까 그걸 사용할까 봐요."

동민은 즐기는 듯한 목소리였다.

윤미는 심장이 멎는 듯했다. 이제는 확실했다.

동민과 영화는 자신을 죽이려고 하는 것이다!

철호는 이미 처리했다고 하지 않는가.

"그럼 빨리 없애버려요."

영화가 키득키득 웃으며 말했다.

"잠시만 기다려요. 윤미가 눈치채지 못하게 천천히 다가갑시다."

윤미는 뒷걸음질을 쳤다.

'어디로 도망가야 하지?'

머릿속이 멍했다. 아무 생각도 나지 않았다.

동민이 나를 몽키스패너로 때려죽이려 한다고?

아무리 생각해도 현실감이 없었다. 그 목소리를 직접 듣지 못했더라면 절대 믿지 못했을 것이다. 믿지 못한 채 비참하게 죽었을 것이다.

그 생각을 하자 화들짝 정신이 들었다.

'이대로 죽을 순 없어!'

윤미는 더듬거리며 주방으로 갔다. 설거지통에 들어 있던 부엌칼을 들었다.

그 순간 희미한 목소리가 들렸다.

"윤미 씨. 윤미 씨."

철호였다.

철호의 목소리가 분명했다.

"철호 씨?"

윤미가 나지막이 철호를 불렀다.

"빨리…… 빨리 도망가세요. 저 두 사람이 저를…… 그리고 윤미 씨를."

"어디 계세요? 철호 씨 어디 계세요?"

이제는 주방은 물론이고 거실마저 완전한 어둠에 파묻혔다.
쓰러져 있을 철호가 보이지 않았다.

"무슨 소리 못 들었어요?"

"눈치챈 것 같으니 빨리 처리합시다!"

영화와 동민의 목소리가 다시 들렸다.

"헉!"

윤미는 밖으로 달려 나갔다. 어둠 속에서 쌀쌀한 바람이 불
어왔다.

"윤미야!"

자신을 찾는 동민의 목소리가 들렸다.

"윤미야!"

"윤미야. 어디 있니?"

이번에는 영화였다.

'안 돼. 도망가야 해!'

윤미는 숲으로 달렸다. 지금은 그 방법밖에 없었다. 숲속으
로 들어가자 정말로 아무것도 보이지 않았다.

"윤미야!"

동민의 목소리가 점점 가까워졌다. 윤미는 나무 그늘 속에
숨었다.

헉헉.

숨이 턱 끝까지 찼지만 제대로 뱉어낼 수조차 없었다.

"어디 있니? 좀 나와 봐."

영화가 말했다.

'나쁜 년!'

윤미의 마음이 시뻘건 분노로 가득 찼다.

'두 사람이 어떻게 나한테…….'

윤미는 부엌칼을 꽉 쥐었다.

저벅.

저벅.

자신을 향해 다가오는 발자국 소리가 들렸다.

"어디 갔을까?"

바로 앞쪽에서 동민의 목소리가 들렸다.

"빨리 처리해야 하는데."

윤미는 앞으로 달려 나갔다.

어둠 속에 동민과 영화가 서 있었다.

"죽여버릴 거야!"

윤미는 동민의 옆구리를 힘껏 찔렀다.

"억!"

동민이 외마디 신음을 뱉으며 쓰러졌다.

"윤미야!"

영화가 소리를 질렀다.

그런 영화를 향해 망설이지 않고 달려들었다.

푹!

부엌칼이 영화의 배를 파고들었다. 영화는 믿지 못하겠다는 표정을 지으며 쓰러졌다. 바람이 불었다.

"윤미를 빨리 처리해야 해."

동민의 목소리가 여전히 들렸다.

"그래야 우리가 행복하죠."

영화의 목소리도.

윤미의 눈이 커졌다.

"영화야! 윤미 씨. 동민 씨."

철호가 세 사람을 찾으며 숲으로 들어오고 있었다. 윤미는 부엌칼을 고쳐 쥐었다. 아직 죽여야 할 사람이 남아 있었다.

"자기. 여기야!"

윤미는 철호를 불렀다.

영화의 목소리로.